FINGER PRINTS

Melinda Metz

wuchs im kalifornischen San José auf und lebt heute in Los Angeles. Bevor sie als freie Schriftstellerin zu arbeiten begann, war sie als Drehbuchautorin für verschiedene Fernsehserien tätig. Spätestens seit ihrer Zusammenarbeit mit R. L. Stine hat sie eine Vorliebe für spannungsgeladene Texte, in denen übernatürliche Phänomene eine tragende Rolle spielen.

FINGER PRINTS

MELINDA METZ

Gefährliches Geheimnis

Übersetzt aus dem amerikanischen Englisch
von Dorothee Haentjes

Schneider Buch

Bibliografische Information Der Deutschen Bibliothek

Die Deutsche Bibliothek verzeichnet diese Publikation in der Deutschen Nationalbibliografie; detaillierte bibliografische Daten sind im Internet über http://dnb.ddb.de abrufbar.

Folgende Titel sind bisher erschienen:

1. Tödliche Gedanken
2. Eiskaltes Spiel
3. Dunkles Erbe
4. Gefährliches Geheimnis

Der Schneider Verlag im Internet:
www.schneiderbuch.de

Published by arrangement with HarperCollins*Children's*Books, a division of HarperCollins Publishers, Inc.
Vermittelt über die literarische Agentur Thomas Schlück GmbH, Garbsen
Originaltitel: *Secrets*
Übersetzung: Dorothee Haentjes
Umschlaggestaltung: HildenDesign, München / A. Barth
Motiv: Corbis GmbH und Apply Design Group
Herstellung/Satz: FIBO Lichtsatz GmbH, Unterhaching
Druck/Bindung: Westermann Druck Zwickau GmbH, Zwickau
ISBN 3-505-11854-0

03 04 / 8 7 6 5 4 3 2 1

... WIE ALLES BEGANN

Rae Voights Leben ist perfekt. Sie geht auf die Highschool, sieht gut aus, ist sehr beliebt und mit Marcus, dem Mädchenschwarm der Schule, zusammen. Doch plötzlich geschieht etwas Unfassbares. Rae hört Stimmen ... Sie fühlen sich an wie fremde Gedanken, die in ihrem Kopf herumspuken. Rae hat keine Ahnung, wo sie herkommen oder wie sie diesem Alptraum entfliehen kann – und sie hat panische Angst. Angst vor den fremden Gedanken und davor, genau wie ihre verstorbene Mutter in einer Nervenheilanstalt zu landen.

Doch es kommt, wie es kommen muss: Eines Tages dreht sie völlig durch und wird in die Psychiatrie eingeliefert. Sie schafft es zwar den Ärzten glaubhaft vorzuspielen, sie sei geheilt und wird daraufhin wieder entlassen, muss jedoch an einer Gruppentherapie teilnehmen.

In der Therapiegruppe findet Rae in Anthony und Jesse neue Freunde. Auch mit Yana, einem Mädchen, das in der Psychiatrie gejobbt hat, freundet sie sich an. Und Freunde – die hat sie jetzt bitter nötig, zumal sich alle alten Freunde von ihr, der „Irren“, abgewandt haben. Auch Marcus.

Anthony erkennt als Erster, dass Rae nicht krank ist, sondern eine besondere Gabe besitzt: Sie kann aus den Fingerabdrücken anderer Leute deren Gedanken lesen. Rae beginnt, diese Fähigkeit zu nutzen. Dabei wird sie aber auch mit einer schrecklichen Wahrheit konfrontiert: Offenbar wird sie von jemandem verfolgt. Und dieser Jemand trachtet ihr nach dem Leben.

Als Jesse unter mysteriösen Umständen verschwindet und Rae klar wird, dass er entführt wurde, beschleicht sie eine dunkle Ahnung: Nicht nur ihr eigenes Leben, auch das Leben ihrer Freunde ist in Gefahr. Zusammen mit Anthony und Yana setzt Rae alles daran, Jesse zu finden. Als sie ihn schließlich aus einer alten Lagerhalle befreien können, sind seine Gedanken wie ausgelöscht. Rae vermutet, dass der unbekannte Entführer, der sie verfolgt und überall beobachtet, auch eine besondere Fähigkeit besitzt. Es scheint, als ob er die Erinnerungen anderer Menschen löschen und ihnen seine eigenen Gedanken aufzwingen kann. Und es scheint, als ob er Rae testen will – bevor er sie tötet.

Kapitel Eins

Nun hat Rae Voight endlich die Wahrheit über ihre Mutter herausgefunden. Jede schauerliche Einzelheit. Dies zu wissen, ist wie ein süßer Geschmack in meinem Mund, wie süßer Saft, der in Tropfen über mein Kinn rinnt. Wenn ich sie nur gleich umbringen könnte, jetzt sofort, in dieser Sekunde ...

Aber da gibt es noch jemanden, der meine Rae beobachtet. Und wenn ich sie jetzt umbringe, werde ich niemals herausfinden, wer es ist. Das könnte gefährlich werden – gefährlich für mich. Diese andere Person will, dass Rae stirbt. Aber Rae und ich sind miteinander verbunden. So eng, wie nur möglich. Und wenn diese Verbindung irgendwie damit zusammenhängt, dass dieser Unbekannte Rae verfolgt, dann könnte ich das nächste Ziel sein.

Ich glaube nicht, dass der Unbekannte die Wahrheit über mich kennt. Aber ich muss alles über ihn herausfinden, um sichergehen zu können, dass mir nichts geschieht. Ohne Rae habe ich keine Chance, Informationen zu sammeln.

Darum muss sie am Leben bleiben. Für den Moment jedenfalls.

***

„Entschuldigung", rief Yana Savari einem Mädchen zu, das ärmellose Grobstrickpullover mit Schildkrötenkragen auf einem Tisch sortierte. „Habt ihr die auch in Größe 38?" Dabei schüttelte sie die Kunstlederhose, die sie dem Mädchen hinhielt.

„Ich kann mal hinten nachsehen", antwortete das Mädchen und zog ab. Langsam genug, um zu klar zu machen, dass sie dies nur tat, weil sie selbst es wollte, und nicht etwa, weil es ihr Job war.

Yana schüttelte den Kopf. „Die denkt wohl, sie kackt Designerschmuck."

Rae lachte. Yana brachte sie immer zum Lachen. Sogar damals, als Rae im Krankenhaus gewesen war und Yana dort als Aushilfe gearbeitet hatte. Immer wenn sie sich unterhalten hatten, hatte Rae am Ende mindestens einmal lachen müssen.

„Ich weiß ja, wie gern du das Personal durch die Gegend scheuchst. Aber ich trage gar nicht Größe 38", sagte Rae zu Yana.

„Diese Hosen müssen aber eng sitzen. Das ist das A und O", antwortete Yana. Sie kniff ihre blauen Augen zusammen. „Versuch dich nicht hier herauszumogeln. Wir haben einen klare Abmachung: Du musst alles anziehen, was ich für dich aussuche – einschließlich der Größen."

„Als ich mich auf dieses Typ-Veränderungs-Spiel eingelassen habe, wusste ich ja nicht, dass ich dadurch organische Schäden riskieren würde", protestierte Rae. Sie ließ ihre

Augen durch die Boutique schweifen, und suchte schon mal nach einem geeigneten Outfit, das sie Yana verpassen wollte, wenn sie an der Reihe war, Klamotten auszusuchen. Es sollten Sachen sein, die Yana hassen würde. Also niedlich, süß und typisch mädchenhaft. Vielleicht einer dieser ...

Ein Mädchen lief an dem Ständer mit Röcken vorbei, den Rae gerade ins Auge gefasst hatte. Rae drehte sich schnell um und entfernte sich so weit wie möglich von dem Mädchen. Sie landete vor einem Ständer mit reduzierter Ware, der in eine Ecke der Boutique geschoben worden war.

Der muss ich wirklich nicht begegnen, dachte Rae, während sie die reduzierten Shirts durchging. Wenn es sein musste, dann konnte sie natürlich Smalltalk mit Jackie Kane machen. Aber sie riss sich nicht gerade darum. Jackie wahrscheinlich auch nicht. Sie hatten in diesem Halbjahr kaum ein Wort miteinander gewechselt, und im Krankenhaus hatte sich Jackie auch nur ein einziges Mal blicken lassen. Zusammen mit ein paar anderen. Tja, es war wohl besser für sie beide, wenn Rae so tat, als hätte sie Jackie nicht gesehen. Wobei Jackie genau in diesem Moment ja vielleicht auch so tat, als hätte sie Rae nicht gesehen.

„Du willst dich doch wohl nicht vor mir verstecken?", fragte Yana und trat neben Rae.

„Du bist heute zwar ganz schön furchteinflößend – aber nein", antwortete Rae.

„Dann komm. Ich habe die Hose." Yana ging voran zu den

Umkleidekabinen und schob Rae mit den Klamotten, die sie ausgesucht hatte, in die nächste hinein.
Rae knöpfte ihr blassgelbes Seidenhemd auf und legte es auf einen Hocker. Dann zog sie das „Jungen lügen"-T-Shirt an, das Yana ihr gegeben hatte. Es endete oberhalb ihres Bauchnabels. *Damit würde Jackie sich nicht mal als Leiche auffinden lassen wollen,* dachte Rae. Jackie war mehr für den klassischen sexy Stil, bei dem noch nicht mal ganz klar wurde, ob es überhaupt sexy aussehen sollte. Jedenfalls so lange nicht, bis man mit Jackie zum Shopping ging und mitbekam, wie berechnend sie dabei zu Werke ging. Während Rae über Shopping mit Jackie nachdachte, fühlte sie einen kleinen Stich. Als wenn ein ganz anderes Mädchen dabei gewesen wäre – ein Mädchen namens Rae, das zwar aussah wie sie, aber eine Rae aus einem anderen Universum sein musste.
Mit Yana macht es jedenfalls viel mehr Spaß, dachte Rae. Sie zog ihre Khakis aus und zwängte sich in die Kunstlederhose. Dabei musste sie sich gegen die Wand der Umkleidekabine lehnen und die Beine durchdrücken, um den Reißverschluss zuziehen zu können.
„Zeig dich mal." Yana rappelte an der dünnen Rattantür der Umkleidekabine.
„Einen Moment", rief Rae zurück. Sie richtete sich auf, betrachtete sich im Spiegel und runzelte die Stirn. Sie zog das „Jungen lügen"-T-Shirt ein wenig weiter hinab, um ihren Bauchnabel zu bedecken. Sie mochte das komische Knub-

belding mitten auf dem Bauch nicht. Dann öffnete sie die Tür der Umkleidekabine.

„So habe ich es mir gedacht", sagte Yana. „Genau dein Gegenbild." Sie zerrte Rae vor einen großen Spiegel. „Jawohl. Der absolute Gegensatz zu deinen Höhere-Töchter-Khakis und hübschen Twinsets. Oder wenigstens wäre es das, wenn du den BH nicht angelassen hättest. Sie sollten es aufs Etikett schreiben: Handwäsche, kalt bügeln, kein BH." Yana hob die Hand und wuschelte durch Raes rotbraunes Haar. Sie betrachtete die Freundin noch einen Moment, dann nickte sie zufrieden.

„Jetzt sag mir bitte nicht auch noch, dass ich keine Unterhose darunter tragen soll", antwortete Rae. „Mit Kunstleder direkt auf der Haut kann man sich bestimmt ernsthaft was zuziehen."

„Ach so. Das ist dein eigentliches Problem bei ..." Yana unterbrach sich abrupt. „Guck mal da", flüsterte sie, indem sie sich zu Rae beugte. „Diese Barbie, die da gerade mit Klamotten für fünfhundert Dollar aus der Umkleide kommt. Das Zeug, das sie da auf dem Bügel hat – das sind die Kleider, mit denen sie den Laden betreten hat."

Rae guckte in den Spiegel und sah gerade noch, wie Jackie durch den geblümten Vorhang verschwand, der die Umkleidekabinen vom übrigen Teil des Ladens trennte.

Jackie! Das Mädchen, dem die Jungen den Spitznamen „Schneeball" gegeben hatten, weil sie so eisig sein konnte. Das Mädchen, das genau wusste, auf welches College sie gehen wollte, was sie einmal werden würde und wie viele Kinder sie haben würde. Wegen Ladendiebstahl erwischt zu werden, passte sicher nicht in ihre hochfliegenden Zukunftspläne!

„Die kenne ich. Die ist auf meiner Schule“, sagte Rae zu Yana, als ihr auffiel, dass sie noch gar nicht geantwortet hatte.

„Überrascht mich gar nicht. Es sind meistens reiche Tussis, die klauen“, sagte Yana mit einem Anflug von Bitterkeit in der Stimme.

Rae hatte keine Lust, sich mit Yana auf eine Unterhaltung über reiche und arme Leute einzulassen. Die Tatsache, dass Rae und ihr Vater so viel mehr Geld hatten als Yana und ihr Vater – in erster Linie durch eine Erbschaft ihrer Mutter –, war ihr immer unangenehm. Diesem Thema wollte sie nicht zu nahe kommen.

„Ich war früher mit ihr befreundet“, fügte Rae hinzu. „Eine Jeden-Tag-miteinander-Essen-gehen-Freundschaft und die-meisten-Wochenenden-miteinander-verbringen. Bis ich am Ende der zehnten Klasse mitten in der Caféteria ausgerastet bin.“

Yana verpasste Rae einen Klaps auf den Hinterkopf. Das machte sie immer, wenn Rae auch nur Anstalten machte, sich als verrückt zu bezeichnen.

„Jedenfalls hat Jackie so etwas früher nie gemacht“, fuhr Rae fort.

Yana zuckte die Schultern. „Wahrscheinlich hat sie die Nase voll von ... – Weiß ich, was ihr tut, um Eindruck bei eurer College-Bewerbung zu schinden? Blinden vorlesen, und so."

„Vielleicht sollte ich zu ihr gehen und sie ..." Rae sprach nicht zu Ende. Als wenn Jackie sich von der Schulpsychopathin einen Rat geben lassen würde!

„Ja, geh nur zu ihr", spornte Yana sie an. „Vielleicht hat sie ja gar nicht gemerkt, dass sie die falschen Kleider anhat."

„Okay. Blöde Idee", antwortete Rae, obwohl sie irgendwie das Gefühl hatte, dass sie doch etwas tun sollte; dass sie eine frühere Freundin – auch wenn die frühere Freundin von Rae mittlerweile nichts mehr wissen wollte – davon abhalten sollte, etwas Dummes zu tun. Sie schüttelte den Kopf und versuchte den Gedanken loszuwerden.

„Ich ziehe mich jetzt wieder um. Dann bin ich dran, das Gegenteil aus dir zu machen." Sie sah Yana an. „Du brauchst auf jeden Fall etwas, das die Tattoos verdeckt", fügte sie hinzu, wobei ihre Augen zum DNA-Tattoo wanderten, das Yanas Bauchnabel umrundete.

„Wenn du dieses T-Shirt nicht kaufst – was du aber tun solltest –, nehme ich es", sagte Yana. „Ich habe extra auf etwas Neues gespart. Bei allem, was ich im Moment besitze, könnte ich kotzen", rief sie Rae hinterher, während die zurück zu ihrer Umkleide ging.

„Mit der Aufschrift ‚Jungen lügen' auf dem Busen herumzulaufen, wird dein gesellschaftliches Leben aber auch nicht gerade befördern", warnte Rae sie über die Schulter hinweg. „Bis zur Ballsaison werde ich dir einen Jungen besorgen – egal wie." Rae öffnete die Tür der Umkleidekabine. Sie quietschte derart, dass sie es von den Fingerspitzen bis hinauf in ihre Schulter spürte.

„Warte, Rae. Komm noch mal zurück. Aber unauffällig", bat Yana mit beschwörender Stimme.

Rae drehte sich um und merkte, dass Yanas blaue Augen weit geöffnet und ihre Lippen zu einer dünnen Linie zusammengepresst waren. Plötzlich fühlte Rae, dass die Atmosphäre um sie herum mit einer Spannung geladen war, die stärker war als Elektrizität: Angst.

Rae ging zu Yana, dahin, wo die Reihe der Umkleiden vor einem großen Spiegel endete. Mit jedem Schritt klopfte ihr Herz schneller, und sie hatte das Gefühl, dass der enge Korridor ihr die Luft zum Atmen nahm. Aber sie versuchte, sich wie ein ganz normales Mädchen bei einem ganz normalen Einkaufsbummel zu verhalten.

„Was ist?", fragte sie, und ihre Stimme klang zu laut.

„Wir werden beobachtet", flüsterte Yana.

Rae schnappte nach Luft. Mit beiden Händen zog sie am Kragen ihres T-Shirts, um den Stoff zu dehnen. „Wo? Von wem?", brachte sie hervor.

Ich bin ja auch so ein Idiot!, dachte sie. *Als ob ein Laden in der unterirdischen Einkaufspassage von Atlanta ein sicherer Ort sein könnte! Als ob mein Verfolger nicht in der Lage wäre, den Eingang einer Boutique zu durchqueren.*

„Guck mal langsam nach oben und dann nach rechts",

sagte Yana. „Oberhalb der Spiegelkante. Direkt in der Ecke."
Rae gehorchte. Sie war überrascht, dass sie ihren Körper noch so unter Kontrolle hatte, während ihr Geist vor Panik flatterte.
„Siehst du's?", fragte Yana.
Rae suchte die Wand ab. Sie kämpfte gegen den Drang, nicht hinzusehen und einfach Yanas Hand zu nehmen und so schnell und so weit wegzulaufen, wie sie konnte. Aber sie sah nichts Außergewöhnliches, nur die ...
„Meinst du etwa die Videoüberwachung?", fragte Rae, indem sie die Worte durch ihren zugeschnürten Hals zwang.
„Ja." Yana grinste. Sie entspannte sich. „Vielleicht meinte ich auch eher, wir *müssten* eigentlich beobachtet werden", erklärte sie. „Irgendjemand wird jetzt der Arsch an die Luft gesetzt. Weil er deine Freundin hätte erwischen müssen."
Ein kurzes, bellendes Lachen entwich Rae aus dem Innersten. Dann noch eins. Sie sank zu Boden, und nun brach das Gelächter vollends aus ihr heraus. So heftig und gewaltig, dass ihr die Tränen in die Augen traten.
Yana setzte sich neben sie und fasste Rae an der Schulter. „Bist du okay?"
Zunächst konnte Rae nicht antworten. „Ja", brachte sie schließlich hervor. Dann brach eine weitere Lachsalve wie aus einem Maschinengewehr aus ihr heraus. „Aber du hättest mitbekommen sollen, was in meinem Kopf los war. Ich habe gedacht ... ich habe gedacht ..." Wieder überwältigte

sie das Lachen. Es zog ihren Magen zusammen und kratzte an der Innenseite ihres Halses.

„Oh, Rae, es tut mir so Leid", entfuhr es Yana plötzlich. „Du hast natürlich das Eine gedacht: Dass ich meinte, wir würden von diesem Psychopathen beobachtet, der dich umbringen wollte." Yana drückte Raes Schulter. „Ich hätte dich damit nicht auf den Arm nehmen dürfen. Nicht nach all dem, was du ..."

„Schon gut", schnitt Rae ihr das Wort ab. Ihr Lachkrampf war mit einem Mal verflogen. „Ich will nicht, dass du mich behandelst wie eine ..."

„Wie eine zarte höhere Tochter?", warf Yana ein und strich sich mit den Fingern ihr blondiertes Haar aus dem Gesicht.

„Ganz genau", antwortete Rae. „Und jetzt will ich mich umziehen. Wart's ab, bis ich das Outfit für dich zusammengestellt habe. Ich werde mich für deinen kleinen Scherz bitter rächen. Mach dir deswegen mal keine Sorgen." Sie drehte sich um und ging zurück zur Umkleidekabine. Als sie die Tür hinter sich schloss, quietschte die wieder ganz erbärmlich.

„Oh, Gott!", murmelte sie, als sie sich im Spiegel der Umkleidekabine sah. Ihr Gesicht war voller verwischter und verlaufener Mascara. Sie befeuchtete ihren Finger und begann es abzuwischen.

Ich habe mich benommen wie ein Vollidiot, dachte sie. *Gut, okay, mir sind ein paar komische, merkwürdige und sehr unangenehme Dinge passiert. Aber langsam beruhigt sich alles doch*

etwas. Seit Wochen ist keiner meiner Freunde entführt worden. Und der Mordanschlag auf mich ist noch länger her. Nirgends hat eine weitere Rohrbombe auf mich gewartet.
Rae schüttelte den Kopf. Welcher normale Mensch stellte denn erleichtert fest, dass ihm in jüngster Zeit nicht nach dem Leben getrachtet worden war? Trotzdem – ihr Leben beruhigte sich tatsächlich etwas. Sie hatte auch keine Geschenke mehr bekommen, von ... dem Unbekannten, der ihr die Schachtel mit Verbrennungsresten geschickt hatte.
Rae zwang sich für ihr Spiegelbild ein Lächeln ab, dann befeuchtete sie wieder ihren Finger – und erstarrte.
Tu's nicht! Tu's bloß nicht noch mal!, sagte sie sich. *Willst du etwa schon wieder für nichts und wieder nichts ausrasten? Wenn ja, gehörst du doch noch in die Klapse!*
Sie atmete tief ein. Schaudernd. „Dann sieh es dir eben an", sagte sie laut. „Es wird nicht der Rede wert sein, aber du musst es dir ansehen."
Langsam, mit schmerzenden Kiefern, öffnete sie den Mund so weit sie konnte und sah hinein. Ganz hinten, fast an der Zungenwurzel, befand sich ein kleiner Fleck ... Rae beugte sich näher zum Spiegel, der durch ihren heftigen, heißen Atem sofort beschlug. Sie wischte mit dem Ärmel darüber.
„Es ist nicht der Rede wert", flüsterte sie. Zweifellos befand sich auf ihrer Zunge ein kleiner Pilzfleck.
Blitzartig wanderten ihre Gedanken zur Krankenakte ihrer Mutter. Die Erinnerung an sie war so klar, als materialisierten sich die Worte vor ihren Augen. Eine Schwester hatte

eine Notiz über einen Pilz auf der Zunge ihrer Mutter gemacht. Es war eins der ersten Anzeichen ihres körperlichen Verfalls gewesen, der verzehrenden Krankheit, die so schnell vorangeschritten war, dass sie tot war, bevor die Ärzte den geringsten Hinweis darauf gefunden hatten, woran sie eigentlich litt.

Aha, dachte Rae. Sie wusste, dass sie eigentlich fassungsloser hätte sein müssen. Andererseits kannte sie diese Angst schon seit langem. Sie hatte ihrer Mutter niemals ähnlich sein wollen. Aber sie war es. Sie war genau wie sie. Und jetzt würde sie auch noch genau wie sie sterben.

Wie viel Zeit blieb ihr noch? Monate? Wochen? Wenn die Krankheit genauso verlief wie bei ihrer Mutter, blieben Rae vielleicht nur noch Tage.

Sie fühlte, dass sich in ihr wieder das hysterische Lachen anbahnte. *Wer auch immer es ist, der mich umbringen will – er wird womöglich gar nicht mehr dazu kommen,* dachte sie grimmig. *Mein eigener Körper wird ihm zuvorkommen.*

Anthony Fascinelli schloss seine Zimmertür, sperrte ab, testete, ob abgesperrt war und überprüfte es gleich noch einmal. Dann ging er zu seinem Schrank und öffnete ihn langsam. Ein Stapel Flanellhemden. Ein Cordhemd. Ein spießiger Anzug, den ihm seine Mutter vor ein paar Jahren zu Weihnachten gekauft hatte. Anthony schlug die Tür wieder zu. Er sah zu seiner Kommode, hatte aber keine Lust, sie zu öffnen, denn er wusste ohnehin, was sich darin

befand. T-Shirts, die meisten in Braun oder Blau. Einige stammten von Konzerten. Dazu das *Backstreet-Boys*-T-Shirt, das ihm seine kleine Schwester Anna geschenkt hatte.
„Das kann ich wenigstens hundertprozentig ausschließen", murrte er. Er öffnete wieder den Schrank, und riss das nächstbeste Hemd von seinem Bügel, schlüpfte aus dem Sweatshirt, das er trug, und schaffte es irgendwie, sich das Hemd anzuziehen, obwohl er es zweimal falsch zuknöpfte. Dann stieß er einen Laut aus, der zwischen Grunzen und Stöhnen lag, und stellte sich vor den Spiegel, der über seiner Kommode hing. Er versuchte sich wie ein Fremder zu betrachten – wie ein Fremder der Sanderson Highschool.
Klein. Das war das erste Wort, das ihm durch den Kopf schoss. Okay. Dagegen konnte er nichts tun. Er zwang sich, sich weiter zu betrachten. War das Hemd okay? Er steckte es in die Hose, zog es heraus, steckte es wieder hinein. „Wie zum Teufel soll ich es denn machen?", explodierte er.
Er versuchte sich daran zu erinnern, wie die Typen aussahen, die er beobachtet hatte, wenn er Rae abholte. Aber er konnte sich nur noch an ihre Autos erinnern. Ihre aufgemotzten Geländewagen, die BMWs, die ...
Anthony riss sich das Hemd vom Leib. Dabei sprang ein Knopf ab und rollte unter das Bett.
Scheiß drauf! Das war doch nicht zu fassen, dass er tatsächlich Klamotten anprobierte und sich wie ein Mädchen im

Spiegel betrachtete! Egal, was er anzog, an dieser verdammten Schule würde sowieso jeder in Sekundenschnelle merken, dass er nicht dazugehörte. Oh, Mann! Warum hatte er sich bloß von Rae beschwatzen lassen!

Vielleicht sollte ich sie anrufen, dachte er. *Sie um ihren Rat bitten.* Anthony verdrehte die Augen. Er konnte sich dieses Gespräch schon genau vorstellen: *Rae, ich weiß einfach nicht, was ich an meinem ersten Schultag anziehen soll. Meinst du, das beige T-Shirt oder das blaue Navy-T-Shirt? Worin sehe ich besser aus?*

Aber seine Füße liefen trotzdem zur Tür, und ein paar Sekunden später stand er in der Küche und starrte das Telefon an. Tom, sein Stiefvater, saß nebenan im Wohnzimmer und sah die Sportsendung im Fernsehen bei voller Lautstärke. Darum würde ihn keiner hören – wenn er sich entschließen sollte zu telefonieren.

Als ob es überhaupt ein „wenn" gegeben hätte! Schon tippten seine Finger ihre Nummer ein. Nach der fünften Ziffer stoppte er plötzlich, denn Tom kam in die Küche. Er ging zum Kühlschrank. Anthony legte auf und schnappte sich aus dem nächstgelegenen Schrank eine Tüte Chips. *Geh wieder fernsehen,* sagte er unhörbar zu Tom.

Tom schloss die Kühlschranktür. Er hatte ein paar Bier unter dem Arm und ein Stück Käse im Mund. „Das sind meine. Ich hab sie extra für das Spiel gekauft", sagte er zu Anthony. Auf dem Weg zur Tür riss er Anthony die Chips aus der Hand.

Okay. Kratz die Kurve, dachte Anthony. Er hatte heute keine Lust auf Unterhaltungen mit Tom.

Als wenn er spürte, dass Anthony nur auf sein Verschwinden wartete, drehte Tom sich an der Tür noch einmal um. „Und ab morgen gehst du auf diese noble Highschool?", fragte er.

„Ja", antwortete Anthony. Was hätte er sonst sagen sollen?

„Dann rate ich dir, sieh zu, dass du's auf dem Footballfeld vernünftig bringst." Tom biss in den Käse, und hinterließ die Spuren seiner Zähne im Cheddar. „Und sieh zu, dass du dich nicht verletzt. Die nehmen dich nicht, weil du so clever bist – das ist dir ja wohl klar, oder?"

„Ja", sagte Anthony wieder. Wenn er Tom zustimmte, wurde er ihn umso schneller los. Nebenbei – so sehr ihm der Gedanke missfiel, dass Tom bei irgendetwas Recht hatte –: Was der alte Idiot gesagt hatte, war nur zu wahr. Anthony würde sich nicht wundern, wenn er am Ende einfach zu den Ausrüstungen gesteckt werden würde, sobald weder ein Spiel noch ein Training anstand. Was so schlecht auch wiederum nicht wäre. Dann wäre es auch egal, welche Klamotten er trug.

„Ich will nur nicht, dass du dir Illusionen über die Sache machst", sagte Tom. Er öffnete eine Bierdose und stapfte davon.

„Danke, Kumpel", knurrte Anthony. „Wie schön, dass du dich um mich sorgst."

Er wartete, bis er Tom die Mattscheibe anschreien hörte,

dann nahm er das Telefon und wählte Raes Nummer. Sobald Rae sich gemeldet hatte, redete er drauflos. Das musste er, sonst hätte er überhaupt nichts herausbekommen.
„Hallo, Rae, äh, ich hab gerade überlegt – ich gehe morgen doch zum ersten Mal zur Sanderson – ..." Er verstummte, zauderte. Er klang wie ein Vollidiot. Also beschloss er, es noch mal zu versuchen. „Was für ..." Er unterbrach sich wieder, stöhnte entnervt.
Rae schwieg.
„Bist du noch da?", fragte er.
„Ja", antwortete sie. Sonst nichts. Nur ja. Und normalerweise brachte er sie kaum dazu, den Mund zu halten.
„Du weißt doch, dass ich morgen meinen ersten Tag an der Sanderson habe", wiederholte er.
„Mh", machte Rae. „Stimmt", fügte sie ein wenig deutlicher hinzu. „Bist du nervös?"
„Ich ... ich rufe dich an, um dich zu fragen, was ich anziehen soll", platzte Anthony heraus. „Falls du das nachvollziehen kannst ..."
Rae lachte nicht. Sie sagte aber auch nicht, dass er sich keine Gedanken machen sollte. Wieder entstand nur ein Schweigen. „Äh, das beige T-Shirt steht dir doch gut", sagte sie schließlich. „Und so wichtig ist das eigentlich gar nicht."
„Na gut. Okay. Also dann ... bis morgen." Ohne eine Antwort abzuwarten, legte Anthony auf.
Sie hat noch mehr Angst davor als ich, schoss es ihm durch den Kopf. Er ließ sich auf einen Küchenstuhl fallen. *Als*

wenn ihr gerade erst aufgegangen wäre, dass ich nicht nur einfach auf die Sanderson gehen werde, sondern dass ich mit ihr zusammen auf die Sanderson gehen werde. Sie brachte es ja kaum über sich, darüber zu sprechen.

Ein kurzes, schnaubendes Lachen entfuhr ihm. Er hatte tatsächlich gedacht, wenn sie erst einmal auf die gleiche Schule gingen, könnte sich zwischen ihm und Rae vielleicht etwas ändern. In Richtung einer Mädchen-und-Junge-Sache. Was aber offenbar nicht geschehen würde.

Anthony strich sich mit beiden Händen über die Stirn. Wenn Rae ihn schon nicht auf ihrer Schule sehen wollte, dann würde es niemand wollen.

Rae legte sich ihr größtes Skizzenbuch auf den Schoß und starrte auf das unberührte Blatt Papier. Manchmal konnte sie beim Malen besser nachdenken als beim Schreiben. Als wenn ihre Gedanken dann aus einer tieferen Schicht ihres Hirns auftauchten. Und im Moment musste sie nachdenken, so scharf sie nur konnte. Für nichts anderes war da jetzt Platz, als die Tatsachen herauszufinden – darüber, was mit ihr geschah.

Sie runzelte die Stirn, als sie daran dachte, wie Anthony am Telefon geklungen hatte. So hatte sie ihn noch nie reden gehört. Bei all dem, was sie gemeinsam erlebt hatten, war es verständlich gewesen, Angst zu haben. Aber jetzt fürchtete sich Anthony bei der Aussicht, auf die Sanderson Highschool zu gehen, bis ins Mark. Rae hatte ein schlechtes Gewissen, weil sie ihm nicht viel hatte helfen können. Aber sie brauchte alle Kraft, um sich auf dies hier zu konzentrieren.

Also, dachte sie und betrachtete ihren Skizzenblock. *Meine einzige Chance, gegen diese Sache anzukämpfen – am Leben zu bleiben –, besteht darin, so viel wie möglich über meine Ma herauszufinden. Vielleicht entdecke ich etwas, das mir erklärt, warum sie krank geworden ist, etwas, das mir sagt, wie ich ...*

„Das ist doch aussichtslos", flüsterte sie. Trotzdem nahm sie einen Bleistift – einen mit schön weicher Mine –, setzte sich aufrechter hin und lehnte sich in die Kissen, die sie gegen ihr Kopfteil gestopft hatte.

Also. Wo gibt es Orte, an denen ich mehr Informationen über Ma erhalten kann? Bevor sie einen konkreten Gedanken gefasst hatte, begann sich ihr Stift zu bewegen, und Sekunden später hatte sie an den oberen Rand des Blocks eine flüchtige Skizze des Scott State Gefängnisses gezeichnet.

In diesem Gefängnis gab es auf jeden Fall einen Menschen, der etwas über ihre Mutter wusste. Als sie dort gewesen war, hatte Rae einen Gedanken von einem Fingerabdruck aufgenommen. Jemand hatte sie angesehen und überlegt, ob sie zu der Zeit geboren worden war, während der ihre Mutter der Gruppe angehört hatte. Aber Rae wusste nicht, welcher Häftling den Fingerabdruck hinterlassen hatte. Der Gedanke hätte von jedem der Männer stammen können, die während des Spiels, das gerade im Sporthof stattfand, als Rae sich dort aufhielt, den Basketball berührt hatten. Und Rae wusste nicht mal einen einzigen Namen.

Okay. Weiter, dachte sie. Sie kritzelte ein wenig herum, schrieb ihren Namen und den ihrer Mutter nebeneinander. Dann zeichnete sie ganz unwillkürlich eine psychiatrische Klinik um beide herum. Sie waren zwar nicht im selben Krankenhaus behandelt worden, aber na ja, ein bisschen künstlerische Freiheit war ja wohl erlaubt. Rae hätte noch mal zum Krankenhaus fahren können, noch einmal mit dem Arzt ihrer Mutter sprechen können. Er war sehr nett gewesen. Aber Rae hatte das Gefühl, dass er nicht mehr wusste als das, was er ihr gesagt hatte – und was sie in den Krankenakten gelesen hatte, als er aus seinem Zimmer gegangen war.

Dad ist ja auch noch da, rief Rae sich in Erinnerung. Sie zeichnete ihn, wie er gerade das Schwert Excalibur aus dem Fels zog. An ihren Vater zu denken, ohne dass einem dabei auch gleich sein geliebter König Artus einfiel, war praktisch unmöglich.

Das war eines der Probleme, die ihren Vater als Informationsquelle betrafen – er neigte dazu, Raes Mutter als Prinzessin aus einer dieser Geschichten zu sehen, die er in seinen Kursen für mittelalterliche Literatur durchnahm. Für ihn war sie durch und durch gut und die Liebe selbst. Sogar nach dem, was sie getan hatte. Sogar nachdem er wusste, dass Raes Mutter ihrer besten Freundin aus nächster Nähe in den Kopf geschossen hatte. Er war also kein wirklich verlässlicher Zeuge.

Die beste Quelle, um Informationen zu sammeln, war ihre Mutter selbst. Aber Rae hatte schon sämtliche Gegenstände ihrer Mutter, die sich in der Schachtel befanden, berührt – mehrere Male und Millimeter für Millimeter. Sie hatte jeden Gedanken gelesen, der zu finden war. Aber die hatten ihr nicht viel über die geheimnisvolle New-Age-Gruppe verraten, von der Rae glaubte, dass sie sehr wichtig sein könnte. Das Einzige, was sie herausbekommen hatte, war der Name eines Gruppenmitglieds gewesen – Amanda Reese.

Rae zeichnete ein Gesicht, das durch einen Schatten verdeckt war. Es war ihr gelungen, die Telefonnummer von Amanda Reese herauszufinden, und sie hatte sogar mit ihrer Tochter gesprochen, die ebenfalls Amanda hieß. Aber alles, was sie von der Tochter Amanda erfahren hatte, war, dass ihre Mutter ein Jahr zuvor einem Mord zum Opfer gefallen war. Diese Spur war also ein totes Gleis. Nicht als Wortspiel gemeint.

Rae drückte die Spitze ihres Stifts auf das Papier, bis sie durchstach, dann malte sie schnell noch ein Gesicht, das von einem Schatten verdeckt wurde. *Vielleicht hat ja der Unbekannte, der mich verfolgt, die Informationen, die ich brauche, dachte sie. Er weiß, dass ich eine Gabe besitze. Wer weiß, was für Informationen er sonst noch hat?*

Aber ich habe keine Ahnung, wer das sein soll. Darum ist auch das eine Sackgasse. Sie strich das zweite Gesicht im Schatten durch, und ihre Augen wanderten zurück zum ersten. Die-

ses Gesicht konnte sie auch ausstreichen. Amanda Reese konnte ihr nicht mehr helfen.
Als der Stift über Amandas Gesicht schwebte, zögerte Rae. Eine Amanda Reese war tot. Aber eine andere lebte noch. Ob die Tochter der toten Frau vielleicht etwas wusste, was Rae weiterhelfen konnte?
„Ganz schön makaber", murmelte Rae bei dem Gedanken, Amanda einen Haufen Fragen über ihre tote Mutter zu stellen.
Dann fuhr sie mit der Zunge an ihrem Gaumen entlang und tastete nach der rauen Stelle, die sich dort befand. Morgen früh würde sie gleich als Erstes bei ihrer Ärztin anrufen. Allerdings war es ziemlich wahrscheinlich, dass die Ärztin nicht herausfand, was es war. Und dass jemand anderer die Information besaß, die Rae benötigte.
Rae schauderte. Es machte ihr kein Vergnügen, Amanda Reese gegenüber unsensibel zu sein. Aber Amanda war wahrscheinlich ihre beste Chance, herauszufinden, was sie wissen musste – Raes beste Chance, ihr Leben zu retten.

Kapitel Zwei

Rae rutschte ein wenig zur Seite. Das dünne Papier unter ihrem Hintern riss ein Stück ein, sodass das kalte Metall der Untersuchungsliege ihren nackten Schenkel berührte. Wie lange sollte sie hier noch warten? Die Schwester, die sie gewogen, ihre Temperatur und ihren Blutdruck gemessen hatte, hatte gesagt, dass die Ärztin gleich kommen würde. Das war jetzt mindestens zwanzig Minuten her. Rae rutschte wieder. Das Papier riss weiter ein.

Der Pilz wird größer, dachte Rae. Sie konnte fast fühlen, wie er wuchs, ihn bei jedem Schlucken schmecken. Sie steckte den Zeigefinger in den Mund, bekämpfte den Würgereiz, und versuchte den Pilzfleck zu berühren. Sie wollte wissen, wie groß er mittlerweile war. Als sie ihn gerade gefunden hatte, klopfte es kurz an der Tür des Untersuchungsraumes. Fast gleichzeitig trat Dr. Avery ein.

„Schön, dich mal wieder zu sehen, Rae“, sagte die Ärztin.

Rae nahm schnell den Finger aus dem Mund. „Ja, ich freue mich auch“, antwortete sie und versuchte das komische Gefühl zu ignorieren, mit jemand zu sprechen, der komplett angezogen war, während sie selbst halb nackt war.

Dr. Avery blätterte in Raes Krankenakte.
Das Ding ist so dick wie bei einer achtzig Jahre alten Oma, dachte Rae. Dank der vielen Untersuchungen, die man nach ihrem Zusammenbruch mit ihr angestellt hatte.
„Du hast also etwas auf der Zunge?“, fragte Dr. Avery. „Dann wollen wir mal nachsehen.“ Sie ging zu einem Schrank und nahm einen Holzspatel aus einem Glas. Dann stellte sie sich vor Rae, so nah, dass Raes Knie fast den Bauch der Ärztin berührten. „Du weißt ja, wie es geht. Sag mal Aaaah!“
Rae gehorchte, und im gleichen Moment spürte sie das trockene Holz des Spatels auf ihrer Zunge. Sie hasste dieses Gefühl. Es elektrisierte bis zu den Zähnen.
Dr. Avery bewegte den Spatel ein wenig und beugte sich weiter vor. Rae konnte den Atem der Ärztin an ihrer Wange spüren und sogar den Geruch der Orangen-Tic-Tacs wahrnehmen, die Dr. Avery im Mund hatte. *Was können Sie sehen?*, hätte Rae am liebsten geschrien. Es kam ihr vor, als blickte die Ärztin schon über eine Stunde in ihren Mund, obwohl Rae wusste, dass es wahrscheinlich nicht mal eine Minute war. Vielleicht noch nicht mal fünfzehn Sekunden. Sie klammerte sich an den Rand der Untersuchungsliege ...
/ist das etwa Krebs?/**hätte nicht**/
..., um sich nicht krümmen zu müssen. Die Gedanken, die sie las, verpassten ihr eine Doppeldosis Angst. Das Letzte, was sie brauchen konnte, wo sie ohnehin schon so in Panik

war. Sie hatte kein Wachs auf ihre Finger auftragen können, was sie normalerweise tat, wenn sie keine Fingerabdrücke lesen wollte. Sie hatte Angst, dass die Ärztin es bemerken und seltsam finden könnte. Und einem Arzt seltsam zu erscheinen war das Letzte, worauf Rae es anlegte.

Dr. Avery nahm den Spatel aus Raes Mund und warf ihn in einen weißen Metalleimer.

„Ich denke, was du da hast, ist eine leichte Halsentzündung", erklärte Dr. Avery. „Es ist nicht ungewöhnlich, dass in so einem Fall die Zunge etwas belegt ist. Ich werde trotzdem eine Kultur anlegen. Um sicherzugehen." Sie nahm ein Wattestäbchen und fuhr damit über Raes Zunge.

„Dann, äh, dann habe ich also keinen ungewöhnlichen Pilz oder Ausschlag oder so?", fragte Rae und gab sich Mühe, unbeschwert zu klingen. Rae mochte Dr. Avery zwar, aber die Ärztin kannte Raes psychische Krankengeschichte. Und Rae wollte keine Alarmglocken in Gang setzen.

Dr. Avery lächelte. „So exotisch ist es nicht." Sie untersuchte kurz Raes Ohren und Nase und tastete die Drüsen an ihrem Hals ab. „Scheint alles in Ordnung zu sein."

Eine Welle der Erleichterung überkam Rae. Sie war so heftig, dass ihr ganz schwindelig wurde. *Halsentzündung. Ich habe einfach eine Halsentzündung.* Es war wie die Nachricht, eine Weltreise gewonnen zu haben. Ihre Mutter war wohl kaum an einer Halsentzündung gestorben. Das hier war etwas ganz, ganz anderes.

„Gibt es sonst noch etwas? Irgendwelche Fragen, wenn du schon mal da bist?", fragte Dr. Avery.

Rae bemerkte, dass sie sich ebenfalls um einen lockeren Tonfall bemühte. *Wahrscheinlich soll ich auf keinen Fall glauben, dass sie sich Sorgen macht, ob ich früher oder später wieder ausflippen könnte.*

„Nein, alles okay", antwortete Rae. Dann fiel ihr das taube Gefühl wieder ein. Sie war über die komische Stelle auf ihrer Zunge so in Panik verfallen, dass sie das ganz vergessen hatte.

Dr. Avery nahm Raes Krankenakte vom Schreibtisch. „Komm bitte in mein Büro, wenn du angezogen bist. Ich werde dir ein Rezept für Antibiotika ausstellen."

„Da ist doch noch etwas", platzte Rae heraus. „Vielleicht ist es ja nicht der Rede wert, aber ich habe manchmal so ein taubes Gefühl." Sie umklammerte die Kante der Behandlungsliege fester, sodass sich das Metall in ihre Finger drückte.

„Taubes Gefühl?", wiederholte Dr. Avery, und sah Rae genauer an. „Wo denn?"

„Das ist ganz unterschiedlich. Mal im Nacken, mal an einer Fingerspitze oder am Bein. Und auch mal an einer Stelle am Arm." Rae sah, wie das Gesicht der Ärztin ein wenig ernster wurde.

„Wie oft ist das bisher vorgekommen?", fragte Dr. Avery. Sie nahm einen Stift aus ihrer Tasche und schlug Raes Akte auf.

„Das weiß ich nicht so genau. Vielleicht fünf Mal", antwortete Rae. Ihr Körper schien sich plötzlich zu versteifen, als wäre sie in wenigen Minuten nicht mehr in der Lage, sich zu bewegen.

Dr. Avery machte sich eine Notiz. „Und wie lange dauert dieses Taubheitsgefühl an?"

„Normalerweise vergeht es innerhalb eines Tages wieder", antwortete Rae, wobei es ihr gelang, ihren Mund zu öffnen und zu schließen.

Dr. Avery nickte und machte sich eine weitere Notiz.

Jetzt wird sie mir hoffentlich nicht sagen, dass das alles Symptome der Halsentzündung sind oder einfach Empfindlichkeit der Haut, überlegte Rae.

„Hast du deine Ernährung umgestellt?", fragte Dr. Avery knapp.

Rae schüttelte mit einer winzigen Bewegung ihren Kopf.

„Du hast nicht irgendwelche Körner oder Nüsse gegessen, die du normalerweise nicht isst?", hakte die Ärztin nach.

Rae zwang ein „Mh-mh" hervor.

„Ich denke, wir sollten das unbedingt beobachten", sagte die Ärztin. „Ich möchte, dass du schriftliche Aufzeichnungen über dieses tauben Gefühl machst. Ob es nach dem Sport auftritt, beim Aufstehen, nach dem Essen, all diese Dinge. Mach bitte einen neuen Termin in zwei Wochen, und bring deine Aufzeichnungen mit. Wir werden sie dann gemeinsam durchgehen."

„Okay", sagte Rae leise.

„Du kannst dich jetzt wieder anziehen." Dr. Avery warf einen Blick auf ihre Uhr, dann eilte sie aus dem Zimmer.
Sobald sie die Tür hinter sich geschlossen hatte, begann Rae zu zittern. Sie hätte sich gewünscht, einen Fingerabdruck zu finden, den sie berühren konnte, um herauszufinden, was Dr. Avery tatsächlich über die tauben Stellen dachte. Aber leider hatte die Ärztin, nachdem Rae ihr von den tauben Stellen erzählt hatte, nichts angefasst, abgesehen von Raes Krankenakte. Und die Akte hatte Dr. Avery mitgenommen.
Rae glitt irgendwie vom Untersuchungstisch und griff nach ihrer Hose, wobei sie ein paar ihrer alten Gedanken aufnahm. Während sie sich anzog, versuchte sie sich genau daran zu erinnern, wann die tauben Stellen aufgetreten waren.
Eine hatte sie an dem Tag bekommen, als Anthony ihr das Schwimmen beigebracht hatte. Und eine in der Nacht, als Anthony mit seinen neuen Freunden das Haus ausrauben wollte. Ach ja, und eine an dem Tag, als sie mit Yana zu Big Al gegangen war, um Informationen über Anthonys Vater zu sammeln.
Es ist immer an solchen Tagen passiert, an denen ich mit jemandem Fingerspitzenkontakt hatte. Wobei es nicht nur an diesen Tagen begann, sondern immer, nachdem sie den Kontakt gehabt hatte. Als Rae das auffiel, hatte sie das Gefühl, als explodierte etwas in ihrem Hirn.
Dann gab es also einen Zusammenhang zwischen dem

Taubheitsgefühl und der Anwendung ihrer Gabe. Sie hatte diese Möglichkeit bereits in Betracht gezogen, aber jetzt war es offensichtlich, dass es tatsächlich so sein musste.

Hatte die Krankheit ihrer Mutter vielleicht mit der Anwendung *ihrer* parapsychologischen Fähigkeiten zu tun gehabt? Rae hatte das Gefühl, als hätte ihr gerade jemand einen Eiswürfel ins Hemd gesteckt. Ihr Zittern entwickelte sich zu einem Schütteln. Sogar ohne den Fleck auf ihrer Zunge gab es einfach zu viele Ähnlichkeiten zwischen dem Leben ihrer Mutter und ihrem eigenen.

Rae nahm ihre Handtasche und stand auf. Es war Unsinn gewesen – sie hätte der Ärztin gegenüber ihr Taubheitsgefühl gar nicht erwähnen sollen. Was sollte Dr. Avery schon tun, wenn sie den Grund dafür, dass es auftauchte, nicht kennen konnte? Und Rae war weit davon entfernt, ihn ihr zu sagen. Sie würde der Ärztin einfach erzählen, dass das taube Gefühl verschwunden war und den nächsten Termin abblasen.

Sie griff nach der Türklinke.

/muss mich eingehender mit Rae beschäftigen/

Dr. Avery hat die Klinke angefasst, nachdem ich ihr die Sache mit den tauben Stellen erzählt hatte, schoss es Rae durch den Kopf. Und es machte ihr Angst. Die Sorge der Ärztin mischte sich in die Angst, die Rae bereits durchflutete.

Ich muss die Wahrheit über meine Mutter herausfinden, dachte Rae. *Die ganze Wahrheit. Es ist Zeit. Allerhöchste Zeit.*

Vor der Cafeteria blieb Anthony stehen. Als Neuer am Unterricht teilzunehmen, war eine Sache. Aber die Cafeteria zu betreten, war noch mal etwas ganz anderes.
Allerdings. Was machst du, wenn dich niemand neben sich sitzen lässt, zog er sich selbst auf. *Oder wenn jemand gemein zu dir ist? Du alberner Riesen-Angsthase!* Er öffnete die Doppeltür und ging zur Essensausgabe. *Die Auswahl ist jedenfalls besser als auf der Fillmore Highschool,* dachte er, während er sich einen in Folie gewickelten Hamburger, eine Tüte Chips und zwei Becher Kakao nahm. Nachdem er bezahlt hatte, drehte er sich zu den Tischen um. Dabei bemerkte er aus dem Augenwinkel sogar eine Maschine für gefrorenen Jogurt. Unglaublich!
Er begann den Raum systematisch abzusuchen. Schräg vor ihm befand sich ein freier Platz. Aber da spielten ein paar Leute Schach. Vergiss es! Am Tisch mitten im Raum waren einige Plätze frei. Verdächtig viele. Vergiss es!
Wo ist Rae? Der Gedanke hatte sich in Anthonys Hirn eingenistet und machte ihn wütend. Er suchte doch nicht nach Rae! Er suchte nach einem Platz für seinen Arsch!
„Fascinelli!", schrie jemand.
Anthony guckte in die Richtung, aus der die Stimme gekommen war und sah, dass Marcus Salkow ihn an einen Tisch winkte. *Den* Tisch, offensichtlich.
Anthony ging zu ihm und setzte sich auf einen leeren Stuhl gegenüber von Marcus und einem blonden Mädchen.

„Hey, Leute, das ist Anthony", verkündete Marcus. „Er ist der neue Running Back." Marcus zeigte mit einer Kopfbewegung auf das blonde Mädchen. „Das ist Jackie." Er deutete auf das dunkelhaarige Mädchen, das neben ihm saß. „Das ist Lea. Und Sanders und McHugh kennst du aus der Mannschaft."

„Hallo", sagte Anthony. Wenn sie nur aufhören würden, ihn anzustarren und einfach wieder weiterredeten!

„Von welcher Schule kommst du denn?", fragte Jackie.

Sie steckte sich eine Traube in den Mund, und Anthony musste sich zwingen, ihr nicht auf die Lippen zu starren. Dieses Mädchen spielte in einer völlig anderen Liga als er!

„Äh, ich komme von der Fillmore Highschool", antwortete Anthony und sprach gegen ihre Stirn. Dieses Mädchen hätte eins von denen sein können, mit denen er seine Fantasie beschäftigte. Plötzlich wurde ihm klar, dass er es gerade laut gesagt hatte – dass er zugegeben hatte, woher er kam. Er bereitete sich auf das zu erwartende betretene Schweigen und die blöden Bemerkungen vor.

„Herber Verlust", sagte Marcus ohne zu zögern. „Mit Anthony im Team rauschen wir durch bis zur Meisterschaft."

Anthony hob überrascht die Augenbrauen. Salkow benahm sich echt fair. Mehr als fair. Eigentlich gab es für ihn keinen Grund, sich außerhalb des Spielfeldes mit Anthony abzugeben. Aber er tat es trotzdem.

„Kann ich dir den Kopf kraulen?", wandte Jackie sich an Anthony.

„Was?“ Es war das einzige Wort, das Anthony dazu einfiel.
„Das mache ich immer. Ich kraule den Footballspielern die Köpfe. Das bringt Glück“, antwortete Jackie.
„Seit wann?“, meinte das dunkelhaarige Mädchen – Lea.
Jackie hörte nicht auf sie. „Also, kann ich? Ich habe nach der Mittagspause eine Französischprüfung, für die ich nicht gelernt habe. Darum kann ich etwas Glück gebrauchen.“
„Ich könnte dir auch behilflich sein, Schneeball“, bot Sanders ihr an.
Jackie sah nicht sonderlich amüsiert aus. Jedenfalls so lange nicht, bis sie wieder zu Anthony hinüberblickte. Dann wanderten ihre Mundwinkel nach oben, und ihre Augen leuchteten, als wenn sie und Anthony sich heimlich über etwas lustig machten.
Sie flirtet mit mir, bemerkte Anthony verwundert. *Dieses Wahnsinns-Mädchen flirtet mit mir.* Er überlegte, ob jeder den Grund dafür ahnte, wenn er sich jetzt seinen Rucksack zufällig in den Schoß fallen ließ. Er entschloss sich, es nicht zu riskieren. Es würde eine Weile dauern, bis er aufstehen musste. Er hatte also Zeit, die Dinge wieder unter Kontrolle zu bekommen.
„Also?“, fragte Jackie.
„Klar. Warum nicht?“ Anthony beugte den Kopf herab, und Jackie kraulte mit den Fingern durch sein Haar. Das Gefühl, wie ihre Fingernägel über seine Kopfhaut strichen, löste einen Hitzeschwall bis zu seinen Zehen hinab aus.
„Willst du bei mir auch mal?“, rief McHugh.

„Nein. Mit Anthony bin ich schon super bedient", antwortete Jackie und wuschelte mit ihren Fingern noch einmal durch seine Haare.
War das hier wirklich sein Leben? Das konnte doch gar nicht sein! Er war „fat'n'smelly Fascinelli", der Typ, der die meisten Stunden des Schulalltags in den Baracken verbrachte, wo die Klassen für die „besondere Förderung" untergebracht waren.
Wenn das hier jetzt echt war, wenn das nun sein Leben war – dann war einfach alles möglich, sogar mit ...
Anthony versuchte den Gedanken zu unterdrücken, aber er kam trotzdem: sogar mit ihm und Rae. Er könnte sie ja vielleicht mal fragen, ob sie ins Kino gehen wollten oder so. Irgendwas Unverbindliches. Vielleicht könnte er sogar ...
Komm auf den Boden, Mr Schlauberger, unterbrach Anthony sich selbst. *Erinnerst du dich, dass du Rae gestern angerufen hast? Komm schon, du wirst es doch noch wissen! Aha. Du erinnerst dich, dass sie es kaum über sich brachte, zwei Worte mit dir zu wechseln? Also, hör auf mit dem Quatsch, und komm auf den Boden!*
Trotzdem konnte Anthony nicht aufhören, die Cafeteria nach Rae abzusuchen. Er bekam fast schon einen Knick im Hals, vom ständigen Versuch, zu den Tischen hinter sich zu sehen.
Sie war nicht da. *Du bist ja nicht gerade die hellste Leuchte im Raum,* sagte Anthony zu sich selbst. *Aber selbst dir muss doch klar sein, was das bedeutet: Sie weiß, dass dies dein erster*

Tag ist. Sie ist nicht in der Cafeteria. Und was heißt das? Komm schon, du weißt es doch.
Rae konnte sich kaum weniger darum scheren, dass er hier war. Sie war offensichtlich nicht mehr im Geringsten am Umgang mit ihm interessiert – jetzt, wo er zu ihrer vornehmen Privatschule gehörte.

Rae lief durchs Haus und suchte nach etwas, was sie tun konnte, um ... sich schlicht und einfach davon abzulenken, an ihren Tod zu denken.
Vielleicht ein paar Skizzen machen. Sie hatte schon länger vor, ihre Hand im Großformat zu zeichnen. Die Linien ihrer Handfläche sollten eine Zeichnung in der Zeichnung bilden. Es sollte ein Bild werden, bei dem man zweimal hinsehen musste, bevor man es richtig erkannte.
Sie ging in ihr Zimmer und nahm ihren Skizzenblock vom Schreibtisch. Die beiden Gesichter im Schatten, die sie für ihre „Liste" gezeichnet hatte, blickten ihr entgegen.
Ich sollte lieber nicht zeichnen. Ich sollte nichts tun, um mich abzulenken. Ich sollte lieber versuchen, die Fakten, die ich benötige, herauszufinden.
„Es tut mir Leid, Amanda", sagte sie, und ihre Stimme klang zu laut in dem stillen Haus. „Aber ich fürchte, das bedeutet, dass ich mich mit dir über deine Mutter unterhalten muss. Ich möchte ja nicht ..."
Das Geräusch eines Wagens, der in die Einfahrt fuhr, riss Rae aus ihren Gedanken. Wer war das? Ihr Vater wollte

doch erst in einigen Stunden nach Hause kommen. Und Alice war auch nicht zum Putzen bestellt. Wer konnte es also sein?
Ein Adrenalinstoß durchschoss ihren Körper. Sie fühlte sich, als hätte ihr jemand eine Kaffeeinfusion in beide Arme gejagt. Sie rannte zum Fenster. *Langsamer!*, ermahnte sie sich selbst. *Langsamer! Schnelle Bewegungen ziehen die Aufmerksamkeit auf sich.* Unauffällig schob sie den Vorhang einen Viertelzentimeter beiseite. Dann sah sie vorsichtig hinaus. Was draußen stand, war kein Auto. Es war ein Lieferwagen. Ein Mann in Uniform stieg aus und lief zielstrebig zum Nebeneingang. Er verschwand im Garten, als hätte er jedes Recht dazu.
Also, draußen steht kein Auto. Es ist ein normaler Schultag. Wer immer das auch ist – er kann nicht wissen, dass ich zu Hause bin. Ich werde mich von den Fenstern fern halten und ...
Nein, nein! Nein! Sie würde nicht wie eine kleine verängstigte Maus im Haus sitzen bleiben! Rae rannte zum Hinterausgang und stürzte hinaus. Was vielleicht nicht das Allergeschickteste war. Aber jeder Muskel und Nerv in ihrem Körper schrie nach Aktivität. Sie wollte wissen, wer da in ihrem Garten herumlief. Und zwar sofort.
„Wer sind Sie?", fragte sie.
Der Mann in der Uniform bog gerade um die Hausecke. „Oh! Ich habe nicht gemerkt, dass jemand zu Hause ist. Ich wollte dich nicht erschrecken", stieß er schnell hervor. Er

wedelte mit einem Klemmbrett. „Ich muss nur das Gas ablesen. Ich bin schneller wieder weg, als du glaubst."

„Sie haben mich nicht erschreckt", antwortete Rae, obwohl sie sich fühlte, als säße an jedem Puls ihres Körpers ein Herz. Sie konnte die kleinen Herzen in ihrem Hals, ihren Ohren, ihren Handgelenken und sogar in ihren Fingern klopfen spüren.

Gut, der Gasmann also, dachte sie. *Klingt plausibel.* Die kleinen Herzen schlugen ein wenig langsamer. Andererseits, war es so schwierig, sich eine Uniform und einen Lieferwagen zu besorgen und zu behaupten, man wolle den Gaszähler ablesen? Die Herzen schlugen wieder etwas schneller. *Wer weiß, was der Typ jetzt gerade täte, wenn du nicht rausgelaufen wärst. Eine Rohrbombe legen oder ...*

„Hast du eigentlich keine Schule?", fragte der Typ. Er kam näher, und Rae ging plötzlich auf, wie allein sie waren.

Die meisten Nachbarn waren bei der Arbeit. Wenn die Situation unangenehm wurde, würde es niemand hören, selbst wenn sie sich die Lunge aus dem Hals schrie. Und das nächste Telefon befand sich in der Küche – was ihr genauso viel nützte, als wenn es tausend Meilen weit weg gestanden hätte. Es wäre doch wesentlich geschickter gewesen, wie eine kleine Maus im Haus zu bleiben, von weitem zuzusehen und Informationen zu sammeln. Und dann zu entscheiden, was zu tun war. Aber dazu war es jetzt zu spät.

Die grünen Augen des Typen verengten sich, und Rae merkte, dass sie seine Frage nicht beantwortet hatte. Aber warum sollte sie auch? Er hatte kein Recht, sie auszufragen. Und wenn sie jetzt etwas sagte, würde er vielleicht hören, wie nervös sie war.

„Na ja, geht mich ja auch nichts an", sagte der Typ und ließ seine Augen umherwandern.

Er sucht den Zähler, schoss es Rae durch den Kopf. *Er hat nicht die geringste Ahnung, wo er sich befindet.* Die kleinen Haare in ihrem Nacken begannen sich aufzustellen. Sie schluckte angestrengt. Dann zwang sie sich, ihre Stimme fest klingen zu lassen und fragte: „Sind Sie neu?"

Der Mann kam noch einen Schritt näher. *Er hat gemerkt, dass ich misstrauisch bin,* dachte Rae. *Nicht gut. Hätte ihn besser nicht gefragt, ob er neu ist. Hätte so tun sollen, als sei alles in Ordnung.* Ihr Adrenalinschub war verebbt. Er hatte ihr ein Gefühl von Kraft und Stärke verliehen, als wenn sie mit jedem fertig werden könne. Aber, Himmel noch mal! Der Typ war gut fünfzig Pfund schwerer als sie. Und Rae war in Sport eine Niete. Was wollte sie hier draußen eigentlich? Was hatte sie sich überhaupt gedacht?

„Nee. Ich mache diese Tour schon seit fast vier Jahren", antwortete der Mann.

Ach so, klar, dachte Rae. *Noch ein Jahr, dann können Sie sich auch merken, wo der Zähler ist.* Sie zwang sich zu nicken und lächelte schwach. Wenn der Mann mitbekam, dass sie ihm die Story nicht abkaufte, wer weiß, was er dann tun würde?

Okay. Dann steh hier nicht rum, bis ihm klar wird, dass du ge-

merkt hast, dass er nicht weiß, wo der Zähler ist. Hau ab. Lass ihm den Glauben, er hätte dich überzeugt.

„Die Mikrowelle piepst. Meine Pizza ist fertig", sagte Rae. Es sollte so wirken, als hätte sie das Interesse am Gespräch mit dem Mann verloren und ging ins Haus.

Sie lief zurück in ihr Zimmer und beobachtete den Lieferwagen. Wenn sie den Mann davon überzeugt hatte, dass sie ihm die Story glaubte, musste er in ein paar Minuten wieder weg sein. Ihre Augen begannen zu brennen, aber sie blinzelte nicht. Bis sie den Lieferwagen wegfahren sah, wollte sie ihren Blick keine Sekunde von ihm wenden. Nach weniger als einer Minute kam der Mann aus dem Garten, stieg in den Wagen und fuhr wieder auf die Straße. Rae sah ihm nach, bis er außer Sichtweite war.

Vielleicht wollte er wirklich nur das Gas ablesen, dachte sie. *Vielleicht macht er das bei so vielen Häusern, dass er einfach vergessen hatte, wo sich unser Gaszähler befindet. Vielleicht habe ich aus einer Mücke einen Elefanten gemacht.*

Vielleicht willst du das aber auch nur glauben. Vielleicht ist es genau das, was man Verdrängung nennt. Sie setzte sich auf ihr Bett, nahm das Telefon und wählte die Auskunft. Tatsachen! Von jetzt an ging es nur noch um Tatsachen. Sie bekam die Nummer des Gasanbieters, wählte und blieb etwa eine Viertelstunde in der Warteschleife hängen. Dann konnte sie jemandem ihre Frage stellen und wurde wieder auf die Warteschleife gelegt. Schließlich meldete sich ein anderer Gesprächspartner und teilte ihr mit, dass für diesen

Tag bei ihrem Haus keine Zählerablesung vorgesehen war.
„Danke", sagte Rae. Sie legte auf, sah auf die Uhr, griff dann wieder zum Telefon und wählte Anthonys Nummer. Er musste seit mindestens einer Stunde aus der Schule zurückgekehrt sein.
Das Telefon klingelte. Immer und immer wieder.
„Komm schon, Anthony", flüsterte Rae.
Er war der einzige Mensch, mit dem sie im Moment sprechen wollte. Nein, nicht sprechen wollte, sondern sprechen *musste*. Das Telefon klingelte immer weiter, ohne dass der Anrufbeantworter ansprang. Widerwillig legte Rae auf.
Ich werde es später noch mal versuchen, dachte sie. *Und wenn ich ihn dann nicht an den Hörer bekomme, muss ich ihn morgen in der Schule sehen.*
Komischer Gedanke.
Es war schwer sich vorzustellen, dass Anthony jetzt tatsächlich Schüler der Sanderson Highschool war. Komisch, aber gut. Damit hatte sie einen richtigen Freund auf der Schule.
Plötzlich durchfuhr sie blitzartig die Erinnerung daran, wie er sie im Arm gehalten hatte, in jener Nacht, als er ihr erzählt hatte, was für ein Gefühl es sei, einen Mörder zum Vater zu haben. Es war die gleiche Nacht, als sie ihm erzählt hatte, was sie noch nie zuvor jemandem erzählt hatte – dass auch ihre Mutter eine Mörderin war.
Als Anthony sie damals im Arm gehalten hatte, hatte sie

sich wie in einer warmen Luftblase gefühlt, einem Ort, wo ihr nichts Schlimmes passieren konnte. Sie hatte gehofft, dass er sie nie wieder losließ.

Belog sie sich denn selbst? War Freundschaft wirklich alles, was sie von Anthony Fascinelli wollte?

Kapitel Drei

Es war Dienstagmittag. Rae war auf dem Weg zur Cafeteria. Endlich würde sie Gelegenheit haben, mit Anthony zu sprechen! Sie hatte so viel auf dem Herzen. *Sei ehrlich,* ermahnte sie sich selbst. So viel Angst baute sich in ihr auf. Vor dem falschen Gasmann. Und vor dem, was mit ihrem Körper geschah. Sie hatte Anthony nie erzählt, dass das taube Gefühl, das sie zum ersten Mal an dem Tag bemerkt hatte, als sie zusammen schwimmen gewesen waren, kein Einzelfall geblieben war. Aber sie wollte es nachholen, sobald sie ihn sah. Wahrscheinlich würde er sauer werden – Anthony hasste es, wenn sie Geheimnisse, und vor allem schwer wiegende und möglicherweise lebensgefährliche Geheimnisse, vor ihm hatte. Aber Rae scherte sich nicht darum. Sollte er doch herumbrüllen so viel er wollte. Es würde trotzdem unheimlich gut tun, ihm alles zu erzählen.

Als Rae an den Mädchentoiletten vorüberkam, wurde ihr Schritt langsamer. Sie beschloss, einen kleinen Abstecher zu machen. Zu überprüfen, ob sie irgendwelche Reparaturen nötig hätte. Letztes Jahr hatte sie das ständig gemacht – zusammen mit Lea. Sie hatten so gut wie immer erst einen

Zwischenstopp auf der Toilette eingelegt, bevor sie in die Cafeteria gingen – für Styling, Frisur und Make-up. Rae hatte diese Gewohnheit nahezu abgelegt und lief trotzdem nicht wie eine Schlampe herum.
Sie fand ein Eckchen freien Spiegel – ohne dass jemand in der Nähe war, der von ihr ein Gespräch erwartet hätte –, holte ihren Lippenstift heraus und legte einen neuen Strich auf. Sie genoss das Gefühl des weichen, glatten Stifts auf ihren Lippen. Danach trug sie noch etwas Mascara auf und zupfte sich ein Haar aus, das irgendwie seit heute Morgen zwischen ihren Augenbrauen gewachsen war. Schließlich sprühte sie noch etwas Spray auf ihre Haare und wuschelte sie durch. Sie betrachtete kurz ihre gesamte Erscheinung, überprüfte die Zähne auf Lippenstiftspuren, dann ging sie hinaus. Zufrieden. Mehr als zufrieden.
Rae hatte es eiliger zur Cafeteria zu kommen als die ganze letzte Zeit. Sie öffnete die Doppeltür – wobei die Wachsschicht auf ihren Fingern verhinderte, dass sie irgendwelche Gedanken aufnahm –, trat ein und begann mit den Augen nach Anthony zu suchen.
„Oh, Gott!", brach es unwillkürlich aus ihr heraus. Anthony – dieser bescheuerte Anthony Fascinelli! – saß an ihrem Tisch! Oder besser: an ihrem alten Tisch. Er sagte gerade etwas zu Markus, der daraufhin lachte. Und Jackie – Jackie, der Schneeball – kraulte ihm die Haare.
Ohne ihren Blick von Anthony lösen zu können, wich Rae zurück zur Tür. Erst als sie gegen einen der langen Türgrif-

fe prallte, wandte sie sich um und rannte auf den Flur hinaus. Sie war ganz benommen. *Das ist auf keinen Fall der richtige Augenblick, um Anthony mein Herz auszuschütten,* dachte sie. Er würde ihr sicher nicht gerade dankbar sein, wenn sie ihn von der Clique trennte, zu der eigentlich jeder an der Schule liebend gern gehört hätte.

Oder von Jackies Händen, dachte sie bekümmert. Sie blinzelte und versuchte einen klaren Kopf zu bekommen. Hatte sie wirklich richtig gesehen? Anthony und Jackie? Dem flauen Gefühl in ihrem Magen nach zu urteilen, war sie ziemlich sicher. Wobei es ihr im Grunde aber egal sein konnte. Abgesehen von der Tatsache, dass sie sich unendlich danach sehnte, jemandem erzählen zu können, wie es ihr ging. Oder: Es Anthony erzählen zu können.

Dann gibt es also wieder Mittagessen im Kunstraum, dachte sie, als sie den Flur entlangging. Sie schob das Bild von Anthony und Jackie beiseite. Sie wollte sich nicht damit befassen, wie sehr es ihr wehtat – oder warum.

Sobald sie den Kunstraum betrat, war sie froh, hierher gekommen zu sein. Der Geruch der Ölfarbe ließ es in ihren Fingern kribbeln. Sie konnte es kaum erwarten, einen Pinsel in die Hand zu nehmen.

Erst das Hemd, ermahnte sie sich selbst. Sie hatte sich schon viel zu viele Kleider dadurch ruiniert, dass sie sich aus Begeisterung für ihr Werk gleich an die Arbeit gemacht hatte, ohne sich etwas überzuziehen. Sie holte ihr großes weißes Hemd, das früher ihrem Vater gehört hatte, vom

Haken und zog es schnell über. Dann stellte sie eine neue Leinwand auf die Staffelei, an der sie immer arbeitete. Mrs O'Banyon würde nichts dagegen haben. Sie hatte Rae erlaubt, sich alle Materialien zu nehmen, die sie brauchte.
Rae war klar, dass sie besser erst einige Skizzen anfertigen und über die Bildaufteilung nachdenken sollte. Aber das konnte sie jetzt nicht. Sie konnte es nie, wenn sie in dieser Stimmung war. Sie betrat gerade die Zone, den Ort, an dem ihre Hand die Kontrolle über ihren Körper hatte, und nicht ihr Gehirn.
Grün, ich brauche Grün, dachte sie. Sie suchte einen gelbgrünen Farbton aus und drückte einen Klecks aus der Tube auf ihre Palette, dann drückte sie einen Tupfen Dunkelgrün daneben, das schon beinahe schwarz aussah. Dann nahm sie einen dünnen Pinsel, mit dem sie eine feine Linie zeichnen konnte, und tauchte ihn in die dunkelgrüne Ölfarbe. Sie zog einen Bogen auf die Leinwand. Dann noch einen. Und noch einen.
Und aus diesen drei Bögen entstand die Ahnung eines Gesichts. Das Gesicht ihrer Mutter.

Anthonys Blick haftete am Running Back des Lee-High-Teams. *An mir kommst du nicht vorbei. Nicht bei meinem ersten Spiel als* Sabertooth. *Versuch es, und beiß dir die Zähne aus.*
Markus schleuderte den Ball zu Ellison. Anthony hörte das leise Klatschen in Ellisons Hand. Er wusste, dass Ellison sich

im nächsten Moment umdrehen und den Ball an McHugh weitergeben würde. Aber das war nicht seine Angelegenheit. Sein Job war es, eine menschliche Schutzwand zwischen dem Running Back der *Lees* und den Schlüsselspielern der *Sabertooth*-Mannschaft zu bilden, die gerade am Ball waren.

Der Running Back der *Lees* täuschte mit seiner Hüfte rechts an. Anthony nahm es ihm nicht ab. Er warf sich dem Typen links entgegen. Ihre Gesichtsschützer knallten mit voller Wucht zusammen. Und der Typ ging zu Boden – ziemlich unsanft. Es sah nicht so aus, als würde er allzu bald wieder aufstehen. Darum schoss Anthony los Richtung Tor. „Ich bin frei!", rief er McHugh zu, der eine ganze Meute hinter sich gesammelt hatte.

McHugh drehte sich zu Anthony, und der Ball trudelte in Spiralbewegung zu ihm herab. *Du gehörst mir, Kleiner,* dachte Anthony, als der Ball in seine Hände fiel. Er klemmte ihn sich unter den Arm, senkte den Kopf und trabte los zum Tor. Wenn er es schaffte, hätte *Sabertooth* das Spiel gewonnen. Und es bräuchte schon eine verdammte Atombombe, um in zu stoppen.

Er spürte, dass sich ein Arm um eine seiner Waden legte. *Das reicht bei weitem nicht,* dachte er. Er hob und senkte die Beine wie Kolben, aber der Arm ließ ihn nicht los. *Du willst also mitkommen? Na gut,* dachte Anthony. Er stampfte weiter vorwärts und zog den Typen mit sich. Hinter sich hörte er Fußtrappeln, aber die Jungs aus seinem Team hatten die

Situation wohl unter Kontrolle. Denn niemand anderer rührte Anthony an.
Mit jedem Schritt entrang sich ihm ein Grunzen. Seine Beine brannten. Der Typ, der sich an ihm festhielt, wurde von Sekunde zu Sekunde schwerer. Egal. Anthony sah jetzt nur noch das Tor mit seinen weißen Pfosten, wie am Ende eines dunklen Tunnels. Die Geräusche um ihn herum verebbten, sein Grunzen verstummte, und die Laute der anderen Spieler auf dem Feld ebenfalls.
Seine Welt verengte sich auf die beiden weißen Linien in der Dunkelheit. So gut wie durch. So gut wie durch.
Durch! Farben und Geräusche fluteten mit einem Schlag in seine Welt zurück. „Fascinelli!", jubelte die Menge. Er konnte hören, wie die Cheerleader vor Begeisterung kreischten.
Anthony legte den Ball in das leuchtend grüne Gras. Spiel vorüber. Spiel gewonnen.
Plötzlich waren seine Mannschaftskameraden bei ihm und hoben ihn in die Höhe. Erst in der Dusche bei den Umkleiden setzten sie ihn wieder ab – obwohl Anthony noch sämtliche Klamotten am Leib hatte.
„Jetzt muss Anthony noch den Tiger fangen!", rief Markus. Die anderen jubelten zustimmend. Anthony stieg aus der Dusche und schüttelte sich das Wasser aus dem Haar. Er suchte nach einem Handtuch. Aber bevor er eins finden konnte, begannen die anderen, ihm die Kleider vom Leib zu reißen, bis er nackt dastand.

Was zum Teufel sollte das? Anthony sah die anderen an. Alle lachten sich kaputt oder grinsten. „Sehr lustig", knurrte er. Er stapfte zu seinem Schließfach und öffnete es. Es war leer. Bis auf ein Ballerinatrikot.
„Du bekommst deine Kleider zurück, wenn du den Tiger gefangen hast", erklärte Markus und prustete vor Lachen.
„Und was für ein dämlicher Tiger soll das sein?", wollte Anthony wissen.
„Der *Sabertooth*-Tiger in der Aula", rief einer von hinten dazwischen.
„So ein Blödsinn", knurrte Anthony bei dem Gedanken an den großen Gips-Tiger, der auf der Bühne der Aula hinter der Cafeteria stand.
„Hey, das haben wir alle gemacht", sagte McHugh und klopfte Anthony auf die Schulter.
„In diesem Fummel?" Anthony nahm den pinkfarbenen Body mit zwei Fingern aus dem Schließfach. Das dämliche Ding hatte auch noch ein rosa Tutu. Anthony betrachtete es mit Abscheu.
„Allerdings. In diesem Ding", antwortete McHugh.
„Wir haben fast einen Monat gebraucht, bis McHugh uns das Tutu zurückgegeben hat", berichtete Sanders. „Er fand, es stand ihm sooo gut."
„Entweder ziehst du dieses Ding an, oder du gehst nackt nach Hause", sagte Marcus.
Anthony fluchte leise, dann begann er den glänzenden Body anzuziehen. Er klebte an seiner Haut und war auch

noch zu klein, aber schließlich hatte er sich doch hineingezwängt.

„Jetzt fehlt nur noch eine Kleinigkeit", sagte Ellison. Er bahnte sich seinen Weg zu Anthony und setzte ihm vorsichtig eine Krone mit Strasssteinen auf den Kopf.

„Beziehungsweise zwei Kleinigkeiten", sagte Marcus.

Anthony wich zurück, als er sah, was Marcus in der Hand hielt. „Kommt nicht in Frage", protestierte er.

Aber Marcus malte den knallrosa Lippenstift schon auf seine Lippen.

„So. Fertig. Jetzt zisch ab, und hol das Ding her", befahl Marcus.

Anthony drückte die Schultern durch und lief aus der Umkleide – was hätte er sonst tun sollen? Er versuchte das Kichern der Jungs und das Bewusstsein, dass seine Arschbacken zur Hälfte aus dem Body herausrutschten, zu ignorieren. Zu seiner Erleichterung befand sich niemand in der Sporthalle. Während seine nackten Füße auf dem Holzboden quietschten, überquerte er im Trab das Basketballfeld. Dann öffnete er die Tür zum Flur und sah sich vorsichtig um. Leer. Anthony seufzte erleichtert auf. *Okay, die Sache ist wohl halb so wild,* dachte er, als er den Flur entlanglief, diesmal im Sprint anstatt im Trab, und ohne eine Pause einzulegen, obwohl sich der Body so hochzog, dass er ihn ziemlich zwischen die Arschbacken kniff. Er wollte diese alberne Aufgabe hinter sich bringen und wieder im Umkleideraum sein, bevor ihn jemand sehen konnte.

Er warf sich gegen die Doppeltür der Cafeteria und musste abrupt bremsen. Ein Dutzend Lichter blendeten ihn. Kamerablitze. Verdammt! Anthony blinzelte, und eine Meute grinsender Cheerleader und Pompom-Girls zeichnete sich vor seinen Augen ab. Eine Hitzewelle stieg in sein Gesicht. Verdammt, er wurde rot. Verdammt, verdammt, verdammt!

Je länger du hier stehst, desto länger können sie dich angaffen, sagte er sich. Er richtete seine Augen auf die Bühne. Sie schien zehn Meilen weit entfernt zu sein. *Wenn du nur hier stehen bleibst, kommt sie auch nicht näher,* dachte er. Das Problem war nur, wenn er loslief, würden all diese verdammten Mädchen einen hervorragenden Blick auf seine Arschbacken werfen können. Wobei der Body auf der Vorderseite auch nicht allzu viel verbarg. Diese Erkenntnis ließ Anthony schließlich doch loslaufen – begleitet von einem Chor von Mädchenstimmen, die ihn anfeuerten. Er hätte es nicht beschwören können, aber er war sich ziemlich sicher, dass eine ihn sogar kniff. Auf jeden Fall aber fühlte er, wie ein Pompom sanft raschelnd über seinen Rücken strich.

Eine halbe Stunde später, wie es ihm vorkam – auch wenn in Wirklichkeit vielleicht eher eine halbe Minute vergangen war –, stand er auf der Bühne und hielt den Säbelzahntiger aus Gips in seinen Armen. Wenigstens war das Ding groß genug, um die kritischen Partien seiner Vorderfront zu verdecken. Jetzt musste er nur noch zurück zum Umkleideraum. Wobei er allerdings noch einmal an den Mädchen vorbeimusste. *Ja, einem Haufen ganz, ganz gefährlicher Mädchen,* dachte er.

„Ich. Habe. Den. Tiger. Gefangen", rief er. Er sprang von der Bühne und stolzierte zur Tür. Diesmal würde er es wenigstens mit mehr Würde hinter sich bringen. Ohne Hast und ohne rot zu werden. Die Mädchen schrien vor Begeisterung und ein breites Grinsen erschien auf Anthonys Gesicht. Er gab der am nächsten an der Tür stehenden Cheerleaderin einen dicken Lippenstift-Kuss und erntete dafür donnernden Applaus. Anthony hob den Tiger über seinen Kopf und verließ die Cafeteria. Sobald sich die Türen hinter ihm geschlossen hatten, rannte er los, bis er sich wieder in der Sicherheit der Umkleiden befand.

„Jetzt bist du ein echter *Sabertooth*", rief Marcus.

„Was machen die Mädchen denn mit den Fotos, die sie geschossen haben?", fragte Anthony betont harmlos.

„Sie werden sie auf McHughs Party herumzeigen", sagte Sanders.

Anthony nickte, als hätte er von der Party schon gehört. Dabei wusste er nichts davon. Offenbar war er gut genug, um in der Mannschaft zu spielen. Gut genug, um mit den Jungs zu Mittag zu essen. Aber außerhalb der Schule lagen die Dinge wohl etwas anders. Anthony würde in sein mickriges kleines Zuhause zurückkehren und ...

„Du kommst doch auch, oder?", fragte McHugh. „Meine Eltern sind die ganze Woche nicht da. Das wird die wüsteste Party des Jahres."

„Klar doch. Gern“, antwortete Anthony und fühlte, wie sich ein lächerlich breites Grinsen seines Gesichts bemächtigen wollte. „Aber ich warne euch, Leute. Wenn die übrigen Mädchen all diese Fotos sehen, werdet ihr anderen ziemlich einsam sein ...“

„Anthony ist hier!“, rief Raes Vater die Treppe hinauf.

Rae erstarrte. Ihr fiel die Szene von heute Mittag in der Cafeteria wieder ein. Dann schüttelte sie den Kopf und sagte sich, dass sie dumm gewesen war. Sie musste mit Anthony reden, und jetzt war die Gelegenheit dazu.

Sie stand auf und ging zur Zimmertür, dann blieb sie plötzlich stehen. Sie schleuderte ihren Kopf bis zu den Knien, dann hob sie ihn so schnell wieder, dass ihr Haar wie eine Mähne um ihr Gesicht fiel. *Was machst du da?*, fragte sie sich, als sie ihr Zimmer verließ und den Flur entlangging. *Es ist doch bloß Anthony. Er könnte wahrscheinlich noch nicht mal sagen, was du für eine Haarfarbe hast, wenn er dich nicht gerade ansieht.*

„Hey, hast du das Spiel gesehen?“, platzte Anthony heraus, als Rae das Wohnzimmer betrat.

Rae blinzelte. „Offensichtlich bist du also nicht vorbeigekommen, um zu fragen, wie es mir geht“, antwortete sie. Sie setzte sich ihm gegenüber in einen Sessel.

„Wie bitte?“ Anthony rieb sich über den Pickel, der sich auf seiner Stirn bildete.

„Ich war krank und hab gefehlt“, sagte Rae. „Ich dachte, du

hättest das vielleicht bemerkt." In Wirklichkeit war sie nur gestern krank gewesen. Aber sie hatte an diesem Tag nicht in der Cafeteria gegessen, darum hätte sie – wenigstens für ihn – auch zwei Tage krank gewesen sein können.

„Tut mir Leid", sagte Anthony leise. „Geht es dir wieder besser?"

„Ich habe eine Halsentzündung", erklärte Rae. „Aber vor allem habe ich ..."

„Schade, dass du das Spiel nicht gesehen hast", fiel Anthony ihr ins Wort. „Es war echt knapp. Ich meine, es hätte bis kurz vor dem Ende so oder so ausgehen können, aber ich habe ein Loch gesehen und bin drauf zu. Hab sozusagen das Spiel für uns gewonnen."

„Das ist ja toll", antwortete Rae und gab sich Mühe, begeistert zu klingen. Sie war hier nicht die Einzige, die etwas zu berichten hatte. Und Anthony war einfach hin und weg. Ihren ganzen Müll konnte sie ihm auch gleich noch erzählen – von den tauben Stellen und dem Gasmann, der gar kein Gasmann war. Aber Anthony hatte es verdient, erst mal ein bisschen protzen zu dürfen.

„Ich wusste doch, dass du deine Sache hervorragend machen würdest", sagte sie.

„Die Jungs haben mich sogar vom Spielfeld getragen", sagte Anthony. „Dann musste ich dieses Balletttrikot anziehen ..."

„Du hast den Tiger gefangen? Nach deinem ersten Spiel?", rief Rae. „Es gibt Spieler, die dürfen sich während der ganzen Saison dem Tiger nicht mal nähern! Du musst sie alle aus dem Feld geschlagen haben."

„Kein Mensch kümmert sich darum, dass ich früher auf die Fillmore Highschool gegangen bin", sprudelte Anthony weiter hervor.

„Hab ich doch gewusst", antwortete Rae. „Dann warst du gestern wohl beim Training, als ich dich angerufen habe?"

„Alle benehmen sich so, als hätte ich immer schon dazugehört. Und sie finden es auch ganz normal, dass ich mich mit ihnen treffe", fuhr Anthony fort.

Danke, dass du schon gefragt hast, warum ich dich angerufen habe, dachte Rae und zupfte an einem losen Faden an der Armlehne ihres Sessels.

„Dieser Marcus, Marcus Salkow ... den kennst du doch bestimmt?" Anthony wartete keine Antwort ab. „Der hat mich gleich am ersten Tag zu sich an den Tisch geholt und mich vorgestellt, und dieses blonde Mädchen, diese Jackie, hat ... na, ist ja egal. Jedenfalls kommt es mir fast so vor, als hätte ich vom ersten Tag an dazugehört."

„Das freut mich für dich", sagte Rae leise und vor ihrem geistigen Auge tauchte das Bild auf, wie Jackie Anthony die Haare kraulte. Wobei es ja auch nicht allzu lange her war, dass sie es in Wirklichkeit gesehen hatte ...

Sie blinzelte ein paar Mal, als könne sie damit das Bild in ihrem Kopf loswerden. Was natürlich nicht funktionierte. Es war eher wie ein endloser Film, der wieder und wieder in ihrem Kopf ablief.

Du hast eine Menge wichtigerer Dinge, über die du dir Gedanken machen solltest, rief sie sich ins Gedächtnis. Sie öffnete den Mund, um Anthony von dem Mann zu erzählen, den sie beim Herumschnüffeln im Garten erwischt hatte, aber Anthony plapperte weiter vor sich hin.

„Die Cheerleader haben allesamt Fotos von mir mit dem Tiger geschossen. Cheerleader, die Fotos von mir wollen! Klingt das nicht irre?", fragte Anthony.

Rae rupfte weiter an dem losen Faden und verursachte damit einen Riss im Polster. „Reichlich irre", antwortete sie, und ihre Stimme klang selbst in ihren Ohren barsch.

„Ich wollte dir jedenfalls erzählen, dass mich McHugh, einer aus dem Team, für morgen Abend zu einer Party eingeladen hat. Seine Eltern sind verreist. Es soll eine Riesenfete werden. Bestimmt sind da massenhaft Leute, die du kennst und ich ..."

„Wenn man davon ausgeht, dass ich seit der Neunten auf die Sanderson gehe, schon", sage Rae und schnitt ihm damit das Wort ab. Offenbar war Anthony nur vorbeigekommen, um ihr zu erzählen, wie großartig alles für ihn war. Selbst wenn sie die ganze Nacht mit ihm hier säße, würde er es wahrscheinlich kein einziges Mal über sich bringen, sich auch nach ihr zu erkundigen. Sie hatte eine Menge zu bedenken. Eine Menge Pläne zu fassen. Wenn sie es ohne Anthony tun musste – auch gut.

„Ich glaube fast, ich gehe zu dieser Party", begann Anthony wieder. „Und ich ..."

Er hält einfach nicht die Klappe, dachte Rae. „Hör zu, mein Hals fängt wieder an wehzutun. Vielleicht gehst du jetzt besser. Ich will dich nicht anstecken."

Anthony knallte die Autotür zu. Was zum Teufel hatte er sich eigentlich gedacht? War er verrückt geworden? Hatte er wirklich geglaubt, er könne einfach bei Rae vorbeistiefeln und sie fragen, ob sie mit ihm zur Party gehen wollte und fertig?

Sie hatte ihn die Frage noch nicht mal stellen lassen! Sie hatte ihn in einem fort unterbrochen. Als wenn ihr schon klar gewesen wäre, was er fragen wollte und sie versuchte, ihn davon abzuhalten.

Er lehnte den Kopf zurück, an den Sitz. Offenbar hatte sie aber nicht nur die Vorstellung, er könnte sie bitten, mit ihm auszugehen, auf die Palme gebracht. Als er einige der Leute erwähnte, mit denen er gerade in Kontakt kam, hatte sie praktisch sämtliche Stacheln ausgefahren. Als wollte sie mit all dem nichts zu tun haben.

Hatte sie denn vergessen, dass es ihre verdammte Idee gewesen war, dass er die Schule wechseln sollte? Und nicht nur ihre Idee, zum Teufel! Sie hatte die ganze Sache auch noch eingefädelt! Anthony beugte sich vor und steckte den Schlüssel ins Zündschloss. Eins wusste er genau: Er würde jetzt nicht wie der größte Idiot von ganz Nordamerika vor ihrem Haus im Auto sitzen bleiben.

Er ließ den Motor an, gab Gas, bis er jaulte, dann fuhr er

auf die Straße. Etwa auf der Hälfte des Häuserblocks sah er ein Auto – wenn man einen BMW überhaupt mit einem so kargen Ausdruck wie „Auto" bezeichnen konnte –, das in Raes Einfahrt fuhr.

Anthony bremste auf Schritttempo ab und sah in den Rückspiegel. Die Tür des Schlittens wurde geöffnet – und Marcus Salkow stieg aus. Anthony runzelte verwirrt die Stirn. Er beobachtete, wie Marcus in aller Ruhe zu Raes Haustür ging. Wollte Marcus etwa Rae besuchen?

Und schließlich fällt auch beim Fink noch der Groschen!, dachte Anthony und stemmte seinen Fuß auf das Gaspedal. Raes früherer Freund von der Sanderson Highschool war – niemand anderer als Marcus Salkow. Was nur zu gut erklärte, warum Anthony sie noch nicht mal fragen durfte, ob sie ihn zur Party begleitete. *Wenn man an Typen von der Klasse eines Salkow gewöhnt ist, lässt man sich nicht auf die Ebene eines Fascinelli herab.*

Kapitel Vier

Etwa zwei Minuten, nachdem Anthony gegangen war, klingelte es wieder. Rae stöhnte. *Oh, Gott, er kommt zurück. Er hat vergessen mir zu erzählen, dass ihm einer der Typen zur Gratulation auf den Arsch gehauen hat. Das muss ich natürlich heute Abend noch wissen.*

Sie stand auf und ging zur Tür, allerdings sehr langsam. Vielleicht verstand er diesen Hinweis ja und zog wieder ab. Es klingelte noch mal. Typisch Anthony. Rae beschleunigte ihren Schritt ein wenig, griff nach der Klinke und riss die Tür auf. Die Wachsschicht auf ihren Fingern verhinderte, dass sie irgendwelche Gedanken empfing. „W...", wollte sie gerade zu fragen beginnen. Dann fiel ihr auf, dass es Marcus war, der da vor der Tür stand.

Er lächelte sie an. Sein Original-Salkow-Lächeln. Irgendwie wirkte es immer noch auf sie. Irgendwie.

„Hallo, ich weiß, ich hätte erst einmal anrufen sollen, aber ich dachte, wenn ich anrufe, sagst du mir vielleicht, dass es gerade nicht passt, wenn ich vorbeikomme."

Rae prustete, dann machte sie die Tür ganz auf. Was blieb ihr anderes übrig? „Na gut. Wenn du schon hier bist, kannst du auch hereinkommen."

Marcus ging gleich ins Wohnzimmer, als käme er immer noch so gut wie jeden Tag zu ihr, als hätte er sie nicht im Stich gelassen und mit Dori Hernandez betrogen, während Rae im Krankenhaus gewesen war. Gut, er hatte sich mittlerweile wieder von Dori getrennt. Und er hatte mehr als deutlich gemacht, dass er wieder mit Rae zusammen sein wollte. Auch gut. Aber trotzdem.

Marcus ließ sich auf das Sofa fallen und spreizte die Beine, wie alle Männer.

„Fühl dich wie zu Hause", sagte Rae und setzte sich ihm gegenüber in einen Sessel.

„Das war ein tolles Spiel heute. Hast du es gesehen?", fragte Marcus.

„Nein. Ich war krank. Danke der Nachfrage", antwortete Rae.

Marcus lächelte sie wieder auf seine typische Art an. „Du bist süß, wenn du grummelig bist. Aber im Ernst: Tut mir Leid, dass du krank bist. Soll ich ... dir etwas holen? Äh, Taschentücher zum Beispiel?"

Rae schüttelte den Kopf. „Ich brauche nichts. Die Antibiotika haben schon ganz gut angeschlagen."

„Es hat Spaß gemacht, neulich bei *Sliders*, stimmt's?", fragte Marcus. Er fing wieder mit seiner Frankenstein-Stimme an, der Stimme, die er bei ihrem gemeinsamen Mittagessen bei *Sliders* die ganze Zeit draufgehabt hatte: „Frrreundinnn."

„Ja. Es hat Spaß gemacht", antwortete Rae, und ihre Antwort klang verwirrter, als es ihr gefiel. Aber war das ein Wunder? Ihre Gefühle für Marcus waren ziemlich durcheinander. Und neulich bei *Sliders* war es wirklich schön gewesen. Einen Moment lang hatte Rae sich sogar gefühlt, als wären sie und Marcus wieder Rae-und-Marcus. Sie lächelte ihn an. Zwar kein breites Salkow-Lächeln, aber ein Lächeln. „Sp-aß ge-macht", stimmte sie ebenfalls mit Frankenstein-Stimme zu.

„Gut, du gibst also zu, dass es Spaß gemacht hat", sagte Marcus und beugte sich vor. Seine grünen Augen fixierten sie. „Und Spaß ist wichtig. Die Leute wollen so viel Spaß haben wie möglich. Was bedeutet, dass du ‚ja' sagen wirst, wenn ich dich jetzt bitte, morgen mit mir auf die Party bei McHugh zu gehen."

Rae schluckte krampfhaft. Ja, er war in letzter Zeit nett zu ihr gewesen, versuchte sie zurückzuerobern. Aber das hier war ein ernsthaftes Angebot. Und ein direktes. Sie war froh, dass sie im Sessel saß und nicht neben ihm auf dem Sofa. Selbst aus der Entfernung wirkte der Salkow-Magnetismus und zog sie an. Ein bisschen was hatte auch Anthony davon. Oder mehr als ein bisschen. Vielleicht sogar mehr als Marcus. Wenn sie ihm nahe war, im Auto zum Beispiel, kam es ihr vor ...

Es geht hier aber nicht um Anthony, wies Rae sich scharf zurecht. *Um diesen Riesen-Schafskopf.*

„Soll ich die Sache noch mal erklären?", fragte Marcus. „Ich weiß ja, dass es ein bisschen kompliziert ist. Also: Du hast zugegeben, dass du mit mir zusammen Spaß hattest. Jeder Mensch will so viel Spaß haben wie ..."

„Ich hab es schon beim ersten Mal kapiert", sagte Rae. Dann merkte sie, dass sie ihn besser reden gelassen hätte. Dann wären ihr noch ein paar Minuten Zeit geblieben, um nachzudenken.

Wollte sie mit Marcus auf die Party gehen? Das wäre ein Bekenntnis, so viel war klar. Die Leute würden annehmen, dass sie wieder zusammen waren, selbst wenn es gar nicht stimmte. Und Marcus würde sich Hoffnungen machen – darauf, dass sie wieder zusammenkommen würden, auch wenn es jetzt noch nicht so weit war.

Rae hatte das Gefühl, dass sich dornige Ranken aus Angst um ihren Körper wanden. Sie war zu dieser Entscheidung noch nicht bereit. Wenn Marcus sie einfach nur gefragt hätte, ob sie mal wieder miteinander essen gehen wollten, wäre die Antwort ein einfaches Ja gewesen. Aber mit der Party war es doch eine ganz andere Sache.

Ich muss etwas sagen, dachte sie. Marcus schien absolut aufrichtig zu sein. Aber nur, weil er sie wieder zurückhaben wollte, hieß das noch nicht, dass auch sie wieder seine Freundin sein wollte. Obwohl sie sich sicher war, dass es seiner Meinung nach genauso funktionieren musste.

„Marcus, weißt du was?", fragte sie. „Im Moment fühle ich mich zwar gut, aber wenn es später wird, bin ich wieder völlig fertig. Ich glaube nicht, dass ich morgen bis in die Puppen eine Party durchstehen kann."

Gut. Damit gewann sie Zeit. Ein bisschen Zeit wenigstens, um herauszufinden, was sie von Marcus wollte oder nicht.
„Oh." Marcus lehnte sich zurück. „Möchtest du vielleicht jetzt etwas unternehmen? Fernsehen zum Beispiel?" Er verstummte abrupt.
Rae wusste, dass er jetzt genau an das dachte, woran auch sie dachte. Als sie noch zusammen waren, war „Fernsehen" der Code für ihre Verabredungen gewesen. Weil Raes Vater keinen Fernseher anschaffen wollte.
„Ich meine einfach fernsehen", sagte Marcus. „Ich hab vergessen, dass ... Oder sollen wir Monopoly spielen?"
Das ist so ähnlich wie Mittagessen gehen, dachte Rae. *Nichts Offizielles. Nichts, wodurch Marcus denken könnte, dass sich zwischen uns etwas geändert hat.*
Trotzdem war es irgendwie komisch. Das Sofa war fast noch warm von Anthonys Hintern. Es kam ihr vor, als wäre er irgendwie noch im Zimmer, zusammen mit ihr und Marcus.
Marcus und Anthony. Anthony und Marcus. Schon wenn sie an beide dachte, bekam sie Kopfschmerzen.
„Ich bin ziemlich müde", antwortete Rae.
„Oh", sagte Marcus. „Oh." Er stand auf. „Ich hätte besser vorher anrufen sollen."
Raes Hals schnürte sich zusammen. Es hatte eine Zeit gegeben, wo das unerwartete Auftauchen von Marcus ihren Abend gerettet hatte. Aber die Dinge hatten sich verändert.

„Ja, kurz anzurufen, wäre vielleicht besser gewesen", antwortete sie. Sie erhob sich.

„Schon gut. Bleib ruhig sitzen. Du bist ja so müde", sagte Marcus. „Ich kenne den Weg zur Tür."

Der verletzte Ton seiner Stimme brachte Rae fast dazu, ihn zurückzurufen. Aber nur fast.

Anthony stand vor dem Lageplan der Hauptebene in der Einkaufspassage der U-Bahn von Atlanta. Er hatte keine Ahnung, in welchen Laden er gehen sollte. Seine Mutter war so begeistert gewesen, dass Anthony zu seiner ersten Party an der Sanderson Highschool eingeladen worden war, dass sie ihm ein Bündel Geld in die Hand gedrückt und darauf bestanden hatte, dass er sich „etwas Nettes zum Anziehen" kaufte.

Was klasse von ihr war. Bei einer Party auftauchen und wie alle anderen aussehen – nach Maßstäben der Sanderson Highschool natürlich –, wäre schon gut. Auch wenn ihm selbst gar nicht mal so viel daran lag. Aber was hieß „wie alle anderen aussehen"? So wie sie in der Schule aussahen? Schon da konnte er mit den Klamotten, die er besaß, nicht mithalten.

Anthony betrachtete weiter den Lageplan. Die meisten Namen der Geschäfte sagten ihm gar nichts. Schließlich stopfte er die Hände in die Taschen und lief einfach los. Ohne nah heranzugehen, betrachtete er die Schaufenster. Wie konnte man nur Spaß am Einkaufen haben? Als er bei *Gap* ankam, beschloss er, kein Feigling zu sein und hineinzugehen. Es war doch nur *Gap*! Damit würde er wohl noch klarkommen! Er trat ein, atmete tief ein, diesen Geruch nach ... Neuem und Sauberem, den alle Läden in der Passage hatten.

So. Und jetzt? Er steuerte auf einen Tisch zu, auf dem ein Stapel Hemden lag. Mädchenhemden. Also drehte er ab und wollte in den hinteren Teil des Ladens gehen. Da fasste ihn eine Hand am Ellbogen und drückte ihn leicht. Anthony fuhr herum. Vor ihm stand Jackie Kane und lächelte zu ihm auf. Zu ihm *auf*. Das war angenehm. Mit Rae war er immer auf gleicher Augenhöhe, sofern sie nicht diese verdammten hohen Absätze trug.

„Na? Heimlicher Lustkäufer?", fragte Jackie.

„Ganz genau", meinte Anthony.

„Sehr gut. Ich kann dir helfen. Was suchen wir denn?", antwortete Jackie, und ihr blondes Haar schimmerte in der Ladenbeleuchtung.

Anthony schluckte heftig, sein Mund war plötzlich unangenehm trocken. Wie sie das sagte, dass sie ihm helfen wollte – heilige Scheiße! Das kam ihm vor, wie eine Szene aus seinen mentalen Porno-Sessions. Und Anthony war sich ziemlich sicher, dass dies genau das war, was sie beabsichtigte. Plötzlich wurde ihm klar, dass er Jackies Frage nicht beantwortet hatte. „Klamotten", meinte er.

„Super. Mein Lieblingsthema", antwortete Jackie. Sie blickte über ihre Schulter. „Alicia, wir haben zu tun", rief sie einem Mädchen zu, in dem Anthony eins der Pompom-Mädchen zu erkennen glaubte.

Das Mädchen kam zu ihnen. „Was ist?"

„Anthony braucht Klamotten. Etwas für McHughs Party", sagte Jackie und warf Anthony ein wissendes Lächeln zu. „Und weil er ein Junge ist, braucht er Hilfe."

Alicia nickte. „Dann müssen wir dich erst einmal hier herausbringen. *Gap* ist okay für die Basics. Aber Partyklamotten gibt's hier nicht."

Jackie umfasste seinen Arm fester – als wolle sie ihn nie wieder loslassen – und Alicia schlüpfte auf seine andere Seite. Zusammen zerrten sie ihn aus dem Laden. „Ich denke an *Him*", meinte Jackie.

„Genau das Richtige, für den Anfang", stimmte Alicia zu. Und dann schoben sie ab, mit Anthony zwischen sich. „Aber können wir vielleicht eine Sekunde bei *Bangles* Halt machen? Ich muss dieses Armband einfach noch ein bisschen anstaunen."

„Na gut", sagte Jackie und verdrehte die Augen. „Aber nicht zu lang. Heute Abend steht Anthony auf unserem Plan." Sie schwenkten in einen Schmuckladen, der Anthony viel zu klein erschien. Ein falscher Schritt, und er würde eine der Glasvitrinen zu Boden reißen.

Die Verkäuferin sah Alicia kurz an, dann holte sie ein silbernes Armband aus einer Vitrine. Alicia ließ Anthony los und lief zu ihr, wobei sie begeisterte Laute ausstieß.

Wie Anna mit ihrer Pappkrone, dachte Anthony amüsiert.

Jackie ließ ihn ebenfalls los und ging zu einem Ständer mit Ohrringen.
Anthony folgte ihr und sah zu, wie sie einige Ohrringe anprobierte. *Rae sähe mit diesen großen Reifen sicher gut aus,* dachte er. Sie brauchte große Ohrringe, damit man sie durch ihr dichte Haar überhaupt sehen konnte.
Er schüttelte den Kopf. Was kümmerte er sich um Rae? Sie war die Letzte, an die er im Moment denken sollte. Sie hatte ihm nur zu deutlich gemacht, dass es ihr lieber wäre, wenn er irgendwie wieder aus ihrer Welt verschwände.
„Noch eine Minute, Alicia", warnte Jackie und wechselte wieder die Ohrringe.
„Nein. Wenn ich es mir noch eine Minute länger ansehe, muss ich es kaufen. Und meine Eltern bekommen einen hysterischen Anfall, wenn ich diesen Monat noch mehr auf meine Visakarte buche", antwortete Alicia.
„Weißt du was?", sagte Jackie. „Ich kaufe es für dich. Dann kannst du mir nächsten Monat etwas kaufen." Sie holte ihre Brieftasche heraus und legte eine American-Express-Karte auf die Theke.
„Danke, Süße!", kreischte Alicia und gab Jackie einen schmatzenden Kuss auf die Wange.
Auf welchem Planeten bin ich denn hier gelandet?, überlegte Anthony, während er zusah, wie Jackie das Kartenformular unterschrieb. Seine Mutter hatte Gott weiß wie viele Stunden für das Geld arbeiten müssen, das sie ihm an diesem Abend gegeben hatte. Und Jackie hatte gerade ungefähr

dieselbe Summe für ein albernes Armband ausgegeben. Und das war noch nicht mal für sie.
„Jetzt kümmern wir uns aber um Anthony", sagte Alicia, als sie die kleine Tüte des Schmuckladens über ihr Handgelenk geschoben hatte. Sie hakte ihn wieder unter. Jackie übernahm die andere Seite.
Ein paar Minuten später stand er im *Him* – einem Laden, von dem er noch nie gehört hatte – und hatte den Arm voller Klamotten.
„Nein, nein. Das kannst du gleich bleiben lassen", sagte er zu Alicia. „Diese Hose werde ich noch nicht mal anprobieren. Die ist ja silbern."
Sie kam einen Schritt näher. „Die ist total heiß."
„Die ist silbern", wiederholte Anthony. „Vergiss es."
Diese Mädchen waren wohl der Ansicht, dass er ihre persönliche Ken-Puppe war. Aber da lagen sie falsch.
„Und wie ist es mit der?", fragte Jackie und hielt eine dunkelbraune Lederhose in die Höhe. Anthony fand sie zwar irgendwie wirklich gut, aber er hatte schon das Preisschild an einer anderen Lederhose gesehen. Und so etwas war für ihn wirklich nicht drin.
„Davon bekomme ich eine Allergie", sagte er zu Jackie. „Guck mal, das hier ist ja sowieso schon viel zu viel. Ich gehe jetzt mal in die Kabine." Ohne auf eine Antwort von Alicia und Jackie zu warten, zog er ab. Schließlich musste er ja nicht erst ihre Erlaubnis einholen.
Nachdem er die Tür der Kabine sorgfältig verschlossen

hatte, sah er sich erst einmal die Preisschilder an. Damit verringerte sich die Auswahl von Jackie und Alicia schon mal um die Hälfte. Er betrachtete die rostfarbene Hose aus Wildleder ... – Wildleder? Tja, wohl so etwas in der Art. Sie lag innerhalb seines Preislimits – gerade noch. Aber war das wirklich etwas, womit sich ein Mensch blicken lassen wollte? Irgendwie ging die Farbe fast schon ins Orange. Wer trug denn orangefarbene Hosen?

Anthony streifte seine Jeans ab und begann in die orangefarbene Hose zu schlüpfen. Er war gerade zur Hälfte drin, als sich plötzlich die Kabinentür bewegte. „Hier ist besetzt", rief er. Die Tür wurde trotzdem geöffnet.

Jackie steckte ihren Kopf herein. „Ich dachte, du brauchst vielleicht Hilfe", sagte sie.

„Ich kann mich allein anziehen", antwortete Anthony und schloss nachdrücklich die Tür. Er sah in den Spiegel, um zu sehen, was Jackie gesehen hatte. Viel zu viel, das war sicher! Er zog die Hose hoch, schloss den Reißverschluss – und fand, dass er wie ein Idiot aussah.

Er ließ die Hose an, für den Fall, dass Jackie immer noch lauerte, und griff nach dem nächstbesten Hemd. Er hatte keine Ahnung, woraus es bestand, aber es fühlte sich gut an, als er es überzog. Und die Farben waren auch gut – verschiedene Brauntöne. Er sah auf das Preisschild. Es war erschwinglich, sofern er nicht noch etwas anderes kaufte. *Wenn Jeans für McHughs Party nicht ausreichen, dann scheiß drauf,* dachte er. So schnell es ging zog er wieder seine eige-

nen Klamotten an, hängte das Hemd auf den Bügel und ging nach draußen.
„Ich nehme das hier“, rief er Jackie und Alicia zu, die in der Nähe der Umkleidekabinen herumlungerten.
„Du musst es uns vorführen“, beharrte Jackie.
„Nein.“ Anthony lief schnurstracks zum Verkaufstresen und bezahlte mit druckfrischen Zwanzigern. Der Typ an der Kasse sah ihn an, als hätte er noch nie Papiergeld gesehen. Sobald er sein Wechselgeld und seine Tüte hatte, verließ Anthony den Laden. Jackie und Alicia kamen in aller Ruhe hinter ihm her.
„Mein Freund wird auch immer ungemütlich, wenn er Klamotten kaufen muss“, sagte Alicia.
„Ich bin nicht ungemütlich“, protestierte Anthony. „Ich ... ich muss jetzt nur nach Hause.“
„Ich auch“, fügte Alicia hinzu. Sie wandte sich an Jackie. „Noch mal danke für mein Armband.“
„Ich habe auch noch etwas für Anthony“, verkündete Jackie hastig, und ein feines Lächeln umspielte ihre Mundwinkel.
„Egal, was es ist, bring es zurück“, sagte Anthony. „Ich muss nichts gekauft bekommen.“ Wollte sie sich etwa als Wohltätigkeitsfall um ihn kümmern?
Jackie stieß ihm freundschaftlich den Finger gegen die Brust. „Beruhig dich. Ich habe es ja nicht gekauft.“ Sie ließ eine Männeruhr aus ihrem Hemdärmel herabrutschen und löste sie von ihrem Handgelenk.

„Jackie, um Himmels willen!", rief Alicia aus. „Wenn du erwischt worden wärst! Deine Eltern ..."
„Ich werde nie erwischt", fiel Jackie ihr ins Wort. „Ihr beide habt ja auch nichts gesehen, und ihr habt praktisch neben mir gestanden." Sie schob sich das Haar hinter die Ohren und ließ ein Paar lange Ohrhänger sehen.
Was war denn in dieses Mädchen gefahren? Ihre American-Express-Karte war nur eine von einem Dutzend Karten in ihrer Brieftasche. Sie hatte also finanzielle Mittel für alles, was ihr kleines Herz begehrte. Dafür hatten Mami und Daddy schon gesorgt.
„Ich gehe jetzt. Bis morgen, in der Schule", sagte Anthony und tat so, als sähe er Jackies Beute nicht.
„Und was ist mit der Uhr?", rief Jackie ihm nach, während er zum nächsten Ausgang lief.
„Ich habe schon eine", antwortete er, ohne sich umzusehen. Er hatte keine Ahnung, welchen Deal Jackie ihm anbieten wollte. Aber er würde sich auf keinen Fall darauf einlassen.

Rae sah in den Badezimmerspiegel und streckte ihre Zunge heraus. Der wie ein Pilz aussehende Fleck war immer noch da. Aber sie hatte das Gefühl, dass er etwas kleiner geworden war. *Das ist jedenfalls keine Sache, über die man sich Sorgen machen muss,* sagte sie sich. *Das hat die Ärztin ja auch gesagt.* Sie betrachtete ihre Zunge noch einige Sekunden, dann zog sie sie zurück.
Vielleicht sollte ich duschen, dachte sie. Sie hatte sich ein neu-

es Duschgel gekauft, ein Aromatherapie-Zeug, das angeblich beruhigend und entspannend wirken sollte. Beides konnte sie im Moment gut gebrauchen. Warum hatte ihr Vater die Referate, die er heute Abend korrigieren wollte, in seinem Büro vergessen? Ausgerechnet an einem Abend, an dem sie wirklich nicht allein sein wollte.

Rae nahm die Tube mit dem Duschgel von der Ablage, dann stellte sie sie wieder zurück. Selbst wenn das Duschgel mit Valium versetzt gewesen wäre, würde sie sich nicht entspannen können. Wie sollte sie sich in der Dusche – und nebenbei noch nackt – wohl fühlen, wenn Mr Nicht-der-Gasmann irgendwo herumschnüffeln konnte?

Seufzend verließ Rae das Bad und ging in die Küche. Sie öffnete den Kühlschrank und nahm einen Muffin heraus, den Alice, ihre Haushälterin, wie sie sich selbst nannte, für sie und ihren Vater gebacken hatte. Rae führte den Muffin an die Lippen, dann fiel ihr auf, dass sie gar keinen Hunger hatte. Sie legte den Muffin zurück. Das Letzte, was sie jetzt als Krönung von allem brauchen konnte, war eine Essstörung zu entwickeln.

Sie schielte in die Dunkelheit vor dem Küchenfenster. Sah nichts. Dann ging sie ins Wohnzimmer. Nachdem Marcus gegangen war, hatte sie eine Skizze begonnen – eine weitere Skizze ihrer Mutter, das Einzige, was sie in letzter Zeit zeichnen zu können schien. Sie fügte ein paar Linien hinzu, dann legte sie den Zeichenblock wieder weg. Obwohl sie erst ein Viertel des Porträts gezeichnet hatte, war ihr klar, dass ihre Mutter krank aussehen würde. Krank und halb verrückt. Darauf hatte Rae keine Lust.

Wenn Anthony nicht so ein selbstsüchtiger Idiot wäre, wäre er jetzt hier, dachte Rae. Sie ging zum Wohnzimmerfenster und sah in den Vorgarten. Alles normal. Zumindest schien es so. Es war nicht immer leicht zu unterscheiden.

Marcus hatte jedenfalls bleiben wollen. *Und er wäre zurückgekommen, wenn ich ihn gerufen hätte,* dachte Rae. Aber er hatte keine Ahnung, was wirklich in ihrem Leben los war, und sie hatte keine Lust, es ihm zu erzählen. Es gab schon zu viele Leute, die davon wussten. Zu viele Leute befanden sich ihretwegen in Gefahr.

Nur Yana weiß so gut wie alles, erinnerte sich Rae. Sie wusste zwar nicht, dass Raes Mutter ihre beste Freundin umgebracht hatte, und sie ahnte auch nichts von der Fingerabdruck-Sache. Rae wusste noch immer nicht genau, wie sie es selbst nennen sollte. War es eine Gabe? Eine besondere Fähigkeit? Sie war doch nicht die neue Wonder Woman oder so etwas. Es kam ihr reichlich komisch vor, wenn sie sich das vorstellte. Was auch genau der Grund dafür war, dass sie es Yana nicht sagte. Sie wollte nicht, dass ihre einzige gute Freundin eine Art komische Comic-Heldin in ihr sah.

Aber sonst weiß Yana eigentlich alles. Zumindest konnte sie nachvollziehen, warum Rae Angst hatte.

Rae zögerte, dann ging sie in ihr Zimmer und wählte Kurzwahl drei. Wenige Sekunden später hob Yana ab.

„Ich werde noch verrückt", platzte Rae heraus, sobald Yana sich gemeldet hatte. Sie vergaß sogar ihr Versprechen, jegliche sprachlichen Überreste wie verrückt/wahnsinnig, die aus ihrer Zeit im Krankenhaus übrig geblieben waren, zu vermeiden.

„Warum? Was ist denn?", fragte Yana, ohne auf das „verrückt" einzugehen – wahrscheinlich, weil sie merkte, dass es Rae nicht besonders gut ging.

„Jetzt in diesem Moment? Gar nichts", gab Rae zu, und atmete langsam aus. „Aber gestern habe ich einen Mann im Garten erwischt", fuhr sie fort. „Er sagte, er wäre der Gasmann. Ich habe das nachgeprüft, und es stimmte nicht. Ich versuche die ganze Zeit herauszufinden, wer er gewesen sein könnte. Ob er derjenige ist, der hinter der Rohrbombe und den widerlichen kleinen Geschenken steckt, die ich bekommen habe. Oder ob es ein neuer Irrer ist, der sich aus irgendwelchen ganz anderen Gründen für mich interessiert."

„Hast du es deinem Vater erzählt?", fragte Yana. „Nicht alles, meine ich, aber die Tatsache, dass jemand, der nicht dorthin gehört, bei euch im Garten war."

Rae ließ sich auf das Bett fallen und bedeckte ihr Gesicht mit einem Kissen. „Nein", gab sie zu. „Im Moment ist er auch gar nicht zu Hause. Und selbst wenn er hier wäre, ich will nicht, dass er wieder anfängt, sich um mich Sorgen zu machen."

„Programmier mal den Notruf in deine Kurzwahlen", befahl Yana. Sie klang bestimmt und geschäftsmäßig. „Wenn du irgendetwas, und zwar wörtlich *irgendetwas* bemerkst, rufst du die Polizei an." Sie machte eine Pause. „Ich kann auch kommen, wenn du willst", fügte sie mit weicherer Stimme hinzu.

„Nein, schon okay", antwortete Rae. „Hier passiert ja auch gar nichts. Und mein Vater müsste auch bald zurück sein. Er ist nur noch mal schnell in sein Büro am College gefahren."

„Ist denn sonst alles in Ordnung?", hakte Yana nach. „Ich meine, abgesehen von dem falschen Gasmann. Du hast gesagt, das war gestern. Aber du klingst, als wäre da noch etwas, was dich irgendwie stört."

Rae schob sich das Kissen vom Gesicht. „Vor dir kann ich wohl gar nichts geheim halten, was?"

„Ich weiß auch nicht, warum du es noch versuchst", antwortete Yana.

„Okay, also hör zu: Ich habe so komische taube Stellen bekommen", sagte Rae, ohne zuzugeben, dass sie sie immer bekam, wenn sie mit jemandem Fingerspitzen-Kontakt hatte, um seine Gedanken zu lesen. „Ich habe einen Blick in die Krankenakte meiner Mutter werfen können, und ich glaube, sie hat möglicherweise dieselben Symptome gehabt. Du erinnerst dich doch, dass ich dir erzählt habe, dass sie im Krankenhaus gestorben ist ..."

„... an einer geheimnisvollen, tödlichen Krankheit", beendete Yana ihren Satz.

„Ja. Ich war bei meiner Ärztin, aber sie hat keine Ahnung, woher dieses taube Gefühl stammen könnte", erklärte Rae. „Und ich denke langsam, es könnte ... es könnte so etwas Ähnliches sein wie das ... das, woran meine Mutter gestorben ist." Rae machte eine Pause und ließ den Unterton dieser Vermutung in der Stille zwischen ihnen nachhallen. „Meine Mutter war in einer New-Age-Gruppe", fuhr sie fort, als Yana schwieg. „Und jetzt habe ich herausgefunden, dass noch jemand aus dieser Gruppe gestorben ist. Vielleicht gibt es da ja irgendwelche Zusammenhänge?"
„Es gibt nur einen Weg, um das herauszufinden", stellte Yana fest. „Mit allen aus dieser Gruppe sprechen, die noch leben."
„Ja. Aber ich habe niemanden gefunden", sagte Rae, und in ihr wuchs die Mutlosigkeit. „Bis auf die Tochter einer Frau aus dieser Gruppe. Ihre Mutter ist letztes Jahr gestorben. Sie könnte ein paar Informationen haben. Aber es kann auch vollkommen irreführend sein. Wenn sie sich als Anhängerin von Konspirations-Theorien entpuppt." Rae seufzte. „Ich habe eigentlich keine Lust, dieses arme Mädchen – sie heißt übrigens Amanda Reese – über ihre Mutter auszufragen ..."
„Du musst es aber tun", warf Yana ein. „Wenn sie deine einzige Quelle ist, musst du es tun."
Rae schloss die Augen. „Ich weiß ja noch nicht mal, womit ich anfangen und was ich sagen soll."

„Du hast gesagt, du hast sie gefunden. Dann weißt du also, wo sie wohnt, nicht wahr?“, fragte Yana.
„Hm“, machte Rae.
„Gut. Morgen fahren wir hin“, sagte Yana. „Wir werden uns gemeinsam überlegen, was wir sagen sollen. Es wird schon klappen. Wir werden es Amanda so leicht wie möglich machen. Versprochen.“
Ein winziges Lächeln umspielte Raes Lippen. Wenigstens war sie nicht allein. Sie war so dankbar, dass sie Yana hatte, jemanden, auf den sie zählen konnte. Vor allem, weil die Liste der Leute, auf die diese Beschreibung passte, ständig kürzer wurde; nachdem Anthony jetzt zu sehr damit beschäftigt war, Jackie Kane und den Rest der Sanderson Highschool zu beeindrucken, anstatt sich darum zu kümmern, wie es ihr ging.

KAPITEL FÜNF

Anthony fuhr sich mit der Hand über den Nacken und tastete nach einem Etikett. Das war das Letzte, was er jetzt gebrauchen konnte – mit einem herausbaumelnden Preisschild zu seiner ersten Sanderson-Party zu gehen. Das wäre dasselbe gewesen, wie überall herumzuposaunen, dass er sich extra neue Klamotten gekauft hatte, um gut auszusehen. Total peinlich.

Zum Teufel, jetzt geh endlich rein, befahl Anthony sich selbst. Er atmete tief ein und ging über den Weg durch den Vorgarten, zögerte dann aber, als er vor der Tür stand. Er gehörte nicht hierher. Neue Klamotten oder nicht – er gehörte einfach nicht hierher.

Du bist ein Weichei, dachte er. *Du bist doch eingeladen. Jetzt geh schon!* Er drückte die Tür auf und trat ein. Und jetzt? Wo ging es jetzt lang?

Im Wohnzimmer tanzten ein paar Leute – zur Musik aus einer Anlage, die wahrscheinlich mehr gekostet hatte als das Auto seiner Mutter. Egal. Anthony würde keinesfalls tanzen – oder jemanden dazu auffordern.

Die Küche. Wahrscheinlich am sichersten. Er entschied sich für eine Richtung und ging los. Dabei versuchte er zielstrebig auszusehen. *Hallo, Leute, ich hole mir nur schnell ein Bier. Seht ihr, wie wunderbar ich dazupasse? Ich kenne mich aus mit Partys.* Er nickte den Leuten zu, die ihm bekannt vorkamen, verlangsamte sein Tempo aber nicht. Wenn man stehen bleibt, kann einem alles mögliche passieren.

Er kreuzte einen Gang, der zu einem der Bäder führte – wobei es in einem Haus dieser Größe sicher mindestens drei Bäder gab –, dann sah er weiter hinten im Flur eine weitere Gruppe von Leuten. Überschuss aus der Küche. So was in der Art. Er bahnte sich seinen Weg durch sie hindurch bis zum Bierfass, das auf einer Anrichte stand. Ein Teil der Anspannung verflüchtigte sich, als er ein paar Typen aus seiner Mannschaft darum herumstehen sah.

„Fascinelli, du kommst gerade richtig, um zu hören, was Salkow für eine Flasche ist", rief Sanders.

Anthony entspannte sich noch mehr. Weswegen hatte er sich nur solche Sorgen gemacht? Natürlich wollten sie ihn dabeihaben!

„Ja. Salkow versucht, seine frühere Freundin zurückzuerobern. Aber sie macht nicht mit", fügte McHugh hinzu. „Dabei ist die Kleine total durchgeknallt. Sie hat die Sommerferien in einer psychiatrischen Anstalt verbracht. Und Salkow kann trotzdem nicht bei ihr punkten."

Anthonys Hände verwandelten sich in Fäuste. Er wendete seine gesamte Willenskraft darauf an, sie wieder zu entkrampfen, aber es gelang ihm nicht.

„Rae ist überhaupt nicht durchgeknallt", verteidigte sich Markus. Seine Augen blitzten. „Halt bloß die Klappe."
„Okay, du hast Recht", sagte Ellison zu Markus. „Sie hat abgelehnt, mit dir zur Party zu kommen. Das ist ein Zeichen absoluter geistiger Gesundheit. Wenn sie mir einen Korb gegeben hätte, wäre es natürlich etwas anderes."
Anthony nahm einen Plastikbecher und füllte ihn mit Bier. Nur um seinen Händen etwas zu tun zu geben und nicht mit Fäusten um sich zu schlagen. *Diese Idioten haben überhaupt keine Ahnung von dem, was Rae durchgemacht hat. Und es ist nicht meine Aufgabe, es ihnen zu erklären,* dachte er.
„Was erwartet sie denn eigentlich von mir?", fragte Marcus. Er stürzte sein Bier hinab und drückte den Plastikbecher zusammen, bis er brach.
„Hat sie vielleicht die Größe deiner Gerätschaft gesehen? Wenn ja, dann liegt das Problem vielleicht da ...", antwortete Sanders.
Anthony nahm einen Schluck Bier, hatte aber Mühe, ihn hinunterzuschlucken. Hatte Rae etwa gesehen ... hatten sie und Marcus ... *Verdammt noch mal – nicht dein Problem,* sagte er sich.
„Wenn sie noch nichts gesehen hat, dann könntest du es ja mit auspolstern versuchen", schlug McHugh vor. „Und dann gibt es noch diese Dinger zum Aufpumpen ..."
Marcus warf McHugh seinen Becher an den Kopf. „Ich

meine es ernst. Ich will sie wieder haben. Und dafür gehe ich bis ans Ende der Welt."

Anthony murmelte, dass er mal zum Billardtisch gehen wolle. Er wusste gar nicht, ob es so etwas in diesem Haus tatsächlich gab, aber es schien doch eins dieser Häuser zu sein, die mit sämtlichen Spielzeugen reicher Leute ausgestattet waren. Er bahnte sich seinen Weg aus der Küche. Anthony mochte Marcus zwar, aber das hieß nicht, dass er ihm zuhören musste, wie er Reden und Klagen darüber führte, dass er Rae an die Wäsche wollte. *Dass er wieder mit ihr zusammen sein will,* korrigierte er sich.

Er konnte es genau vor sich sehen: die beiden als Paar. Rae und Marcus. Marcus und Rae. Ballkönig und Ballkönigin und all dieser Quatsch. Und auch wenn er es nicht zugeben wollte – er hatte den Ausdruck in Marcus' Augen gesehen, als seine Freunde sich über Rae lustig gemacht hatten. Der Typ mochte sie wirklich.

Rhythmischer Sprechchor ertönte aus einem anderen Raum des Hauses. Anthony, der nach Ablenkung suchte, folgte dem Klang. Als er näher kam, verstand er die Worte des Sprechchores: „Ja-ckie, Ja-ckie, Ja-ckie!"

Der Sprechchor wurde noch lauter, als er ein Zimmer mit – tatsächlich! – einem Billardtisch betrat. Vor der Glastür zum Garten hatte sich ein Kreis von Leuten gebildet. Sie beugten sich alle über etwas, das offenbar auf dem Boden lag. Ein paar Jungs gafften hemmungslos, und einige Mädchen guckten angewidert.

Das will ich sehen, dachte Anthony. Mit den Ellbogen bahnte er sich einen Weg durch den Kreis. Das Erste, was er sah, war ein Heiligenschein blonden Haares. Er legte den Kopf schief und erkannte – große Überraschung! – Jackie. Sie hatte einen Trichter im Mund. Ein Typ, den Anthony noch nie gesehen hatte, schüttete Wodka in den Trichter. Und Jackie schluckte ihn, als hätte sie diesen Stoff einzuatmen gelernt wie Sauerstoff.

Himmel!, dachte Anthony. *Die wiegt doch höchstens 55 Kilo. Wie kann sie da überhaupt noch bei Bewusstsein sein?*

Aber niemand schien sich große Sorgen um sie zu machen. Der Sprechchor wurde lauter. „Ja-ckie, Ja-ckie, Ja-ckie!" Anthony sah sie wie gebannt an, als sie jetzt ihren Rücken bog und ihren Kopf anhob, um sich dem Wodka-Strom entgegenzurecken, der durch den Trichter floss.

„Das ist neuer Rekord!", rief jemand.

Jackie hob eine Hand, und der Typ, der eingoss, stoppte widerwillig. Die Menge jubelte ausgelassen, und Jackie lächelte. Sie leckte die Tülle des Trichters ab, um sich die letzten Tropfen Wodka nicht entgehen zu lassen, und erntete ein weiteres Jubeln.

Es ist also genau wie bei anderen Partys auch, dachte Anthony. Wenn er Jackie auf der Straße gesehen hätte, mit ihrem perfekten Haarschnitt und all den anderen Herausgeputztes-reiches-Mädchen-Dingen, hätte er sich nie vorstellen können, dass sie auf dem Boden lag und Wodka soff. Und genauso wenig, dass sie stahl.

Jackie rappelte sich auf und grinste. „Baby hat es euch nur mal kurz gezeigt!“, schrie sie. Dabei richtete sie ihren Blick auf Anthony, und einen Augenblick später hatte sie ihre Arme um seinen Nacken geschlungen. Sie schob ihn rückwärts durch die Menge, drängte ihn gegen eine Wand und begann ihn abzuknutschen. Sein Mund brannte von den Wodkaresten auf ihrer Zunge.

Was zum ...? Was? Ich? Anthony war nicht in der Lage, seinen Gedanken zu Ende zu führen. Was immer hier vor sich ging – es war einfach zu angenehm, um es abzubrechen. Er leckte an ihrer Unterlippe, dann traf seine Zunge auf ihre.

„Ich finde es unglaublich, dass Jackie ...“, hörte er ein Mädchen sagen.

„Hey, Marcus, Fascinelli amüsiert sich schon.“ Die Worte klangen, als kämen sie vom Ende eines langen Tunnels. „Vielleicht solltest du Rae vergessen und dich an Jackie ranmachen.“

Raes Name ließ vor Anthonys Augen ihr Gesicht entstehen, so deutlich, dass er von Jackie zurückwich.

„Oh, nein, du bleibst. Ich bin noch nicht fertig mit dir“, sagte Jackie. Und ihre Hände lagen schon wieder auf seinem Rücken und zogen ihn an sich.

Rae will nichts mit dir zu tun haben, falls du dich erinnerst, dachte Anthony. *Sie will in ihrer bescheuerten Schule noch nicht mal in deine Nähe kommen.* Er legte seine Arme um Jackies Taille, wobei er einen feinen Streifen warmer, glatter Haut fühlte, und erwiderte ihren Kuss, bis seine Welt nur noch aus Gefühlen und keinerlei Gedanken mehr bestand.

„Jackie! Hey, Jackie!"

Die Worte bohrten sich ihren Weg in Anthonys Kopf. Er hatte keine Ahnung, wie viel Zeit vergangen war. Es konnte eine Minute gewesen sein. Aber auch eine Stunde.

„Jackie, willst du versuchen, den Tequila-Rekord zu brechen?"

Jackie löste sich aus Anthonys Armen. „Nein, ich will es nicht versuchen. Ich will es schaffen!", schrie sie. Sie ging zu dem Wodka-Typ, der jetzt der Tequila-Typ war.

Anthony fasste sie am Ellbogen und beugte sich so nah zu ihr, dass nur sie ihn verstehen konnte. „Wenn du durcheinander trinkst, wird dir sterbenselend", sagte er. „Außerdem hast du wohl auch so schon genug."

Jackie stieß ihn weg. „Nur weil wir ein paar Minuten Speichel ausgetauscht haben, heißt das nicht, dass du mir etwas vorzuschreiben hast." Sie drehte sich um, stolzierte davon und ließ Anthony wie einen kompletten Idioten stehen.

„Hier ist es", verkündete Yana, als sie vor einem der sorgfältig restaurierten viktorianischen Häuser in Little Five Points stehen blieb.

„Ich weiß immer noch nicht, was ich sagen soll", sagte Rae. „Ich kann doch nicht einfach klingeln und mit der Tür ins

Haus fallen: Hallo, wir hätten da ein paar sehr persönliche Fragen an dich, über deine tote Mutter."
„Dann mach doch auf Kosmetikvertreterin", schlug Yana vor. „Genau, das könnte klappen. Erst mal müssen wir natürlich ein Wahrheitsserum erfinden", fuhr sie dann gleich fort. „Wir mischen es mit etwas Grundierung und verpassen der Amanda-Tochter ein kostenloses Make-up. Das Serum sickert durch ihr Gesicht in ihre Blutbahn, und sie sagt uns alles, was wir wissen wollen."
Rae lachte und ein Teil der Spannung in ihr ließ nach. „Jetzt mal ehrlich: Was soll ich denn sagen?", fragte sie. „Wenn ich darüber nachdenke, was mich dazu bringen könnte, mit einer Fremden über meine Mutter zu sprechen: Eigentlich gar nichts. Ich spreche ja noch nicht mal mit meinen Freunden über sie."
„Stimmt. Ich glaube, wir haben bisher nur einmal miteinander über sie gesprochen", pflichtete Yana bei.
„Und das nur, weil ich dir vertraue", sagte Rae. „Du hast mich an meinem absoluten Tiefpunkt im Krankenhaus gesehen und wolltest trotzdem mit mir zu tun haben." Rae erinnerte sich noch daran, wie überwältigt sie gewesen war, als sie feststellte, dass Yana nicht nur freundlich zu ihr war, weil es zu ihrem Aushilfsjob im Krankenhaus gehört hatte.
„Dann muss Amanda also auch Vertrauen zu dir fassen", stellte Yana fest.
„Ja. Gleich heute Abend", antwortete Rae. Wie hoffnungslos war das wohl?

Einen Augenblick lang saßen sie schweigend da. „Wahrscheinlich ist die einzige Möglichkeit, ihr die Wahrheit zu sagen", sagte Yana schließlich. „Vielleicht nicht alles. Nicht, dass du möglicherweise krank bist. Das würde sie in Panik versetzen. Aber ihr beide habt Mütter, die tot sind. Und du willst mehr über deine herausfinden. Vielleicht versteht sie das ja."

Rae löste ihren Sicherheitsgut. „Stimmt. Du hast ja Recht, du hast ja Recht. Ich zähle bis drei, dann gehen wir einfach hinauf. Und die richtigen Worte – die werde ich schon finden. Irgendwie." Sie öffnete die Tür einen Spalt. „Eins, zwei, drei." Rae zwängte sich aus dem Auto und warf die Tür hinter sich zu. *Die Mutter dieses Mädchens ist seit einem Jahr tot,* dachte sie, während sie auf die Haustür zuging. *Die Wunde beginnt vielleicht gerade zu heilen. Und jetzt komme ich und reiße sie wieder auf. Aber habe ich eine andere Wahl?*

Bevor sie noch weiter nachdenken konnte, drückte Rae die Klingel. Ein Mädchen, ein paar Jahre jünger als Rae, öffnete die Tür, allerdings nur einen Spalt breit.

„Äh, guten Tag. Bist du Amanda Reese?", begann Rae.

Das Mädchen sagte zögernd: „Ja. Aber eigentlich sagen alle Mandy zu mir."

„Gut, dann also Mandy", antwortete Rae. „Ich heiße Rae. Und das ist meine Freundin Yana. Ich weiß nicht, ob du dich erinnerst, ich habe vor ein paar Wochen angerufen ..."

„Du hast angerufen und nach meiner Mutter gefragt." In Mandys Augen begannen Tränen zu schimmern.

Oh, Gott!, dachte Rae. *Oh, Gott! Der schlimmste Albtraum von allen!*

Ihr Gehirn raste. *Tu einfach, was Yana gesagt hat,* dachte sie. „Ich glaube, deine Mutter und meine Mutter könnten sich gekannt haben", sagte Rae, und ihr Hals wurde eng. „Ich ... meine Mutter ist auch tot. Ich möchte gern mehr über sie herausfinden. Ich dachte, du könntest mir dabei helfen. Vielleicht hat deine Mutter mal etwas erwähnt ..."

Die Tränen, die eben in Mandys Augen geglitzert hatten, begannen über ihre Wangen zu laufen. Sie gab ein herzzerreißendes Schluchzen von sich, als sie versuchte, sich wieder unter Kontrolle zu bekommen. „Geht weg. Bitte, geht einfach weg", brachte sie hervor. „Ich kann nicht mit euch sprechen."

Kapitel Sechs

„Ja-ckie, Ja-ckie, Ja-ckie!"

Der Sprechchor wurde leiser, fast unhörbar, sobald Anthony die Glastür hinter sich schloss und einen tiefen Atemzug kühle Nachtluft einsog. Einen Augenblick später wurde die Glastür wieder geöffnet.

„Jackie lässt sich jetzt den Tequila reinlaufen", rief jemand, und die meisten Jungs, die in ihren Klamotten draußen im Pool herumplanschten, liefen hinein.

„Ich weiß ja nicht, ob Jackie etwas gegen das Besoffenwerden eingenommen hat, aber ich find's einfach toll", sagte einer von ihnen, während sie an Anthony vorbeistürmten.

Anthony schüttelte den Kopf. Jackie würde sterbenselend werden – was ihn aber nichts anging, wie sie ihm erklärt hatte. *Als wenn ich unbedingt Lust hätte, dabei zu sein und ihr die Haare zurückzuhalten, während sie kotzt,* dachte Anthony. Er lief um den Pool – das bescheuerte Ding – herum und versuchte dabei den Paaren auszuweichen, die auf den Liegestühlen lagen und knutschten. Er brauchte ein paar Minuten für sich, bevor er wieder an der Party teilnehmen konnte.

„Fascinelli!", rief jemand.

Anthony fuhr herum und entdeckte Marcus, der sich gegen einen der Magnolienbäume am hinteren Zaun lehnte. Zögernd ging Anthony zu ihm. „Hey", sagte er und fragte sich, warum Marcus sich hier draußen herumdrückte.

Marcus nahm einen tiefen Zug aus seinem Bierbecher. „Du kennst doch Rae?", fragte er unvermittelt. „Rae Voight?"

Mist!, dachte Anthony. Sich mit Marcus über Rae zu unterhalten, war nicht das, was er sich unter „Party" vorstellte. Eher das, was er sich unter der Hölle vorstellte. „Ich glaube, ich habe sie schon mal gesehen. Aber wir haben keinen gemeinsamen Unterricht", antwortete Anthony. Er wusste nicht, ob Rae Marcus erzählt hatte, dass sie zur Gruppentherapie ging. Falls nicht, wollte er jedenfalls nicht derjenige sein, der es ihm verriet.

„Und? Wie findest du sie?", fragte Marcus.

„Ganz nett", antwortete Anthony. „Meinst du, dass Sabertooth ..."

„Nett?", wiederholte Marcus. „Du findest sie nett? Sie ist eine Künstlerin. Hast du das noch nicht mitbekommen?"

Der ist ganz schön blau, fiel Anthony auf. „Wie gesagt, ich habe sie nur mal so gesehen, darum ..."

„Sie ist viel mehr als nett", fuhr Marcus fort. „Die Jungs – die verstehen das alle nicht. Die halten mich für bescheuert, weil ich hinter einer Psychopathin her bin, obwohl ich doch mit Dori zusammen war. Kennst du Dori?"

Anthony schüttelte den Kopf. „Ich kenne noch nicht allzu

viele Leute.“ Er sah sich in dem dunklen Garten um und hoffte, jemand aus dem Team zu entdecken, den er herbeirufen konnte. Wenn er Marcus jemand anderen zum Reden organisierte, konnte Anthony sich aus dem Staub machen. Aber er sah niemanden, den er kannte.

„Dori ist sehr hübsch. Das stimmt. Und als ich mit ihr zusammen war, hat sie ständig versucht, mich glücklich zu machen. Mir kleine Geschenke gemacht, und so. Mädchenkram, du weißt schon ...“ Marcus nahm noch einen Schluck Bier, oder besser gesagt: Er versuchte es.

Anthony bekam vor ihm mit, dass sein Becher leer war.

„Aber Rae ... Rae ist eben Rae. Die anderen Jungs verstehen das nicht. Die sagen: Du spinnst, Salkow. Und jetzt halt die Klappe. Du kannst doch jedes Mädchen haben, das du willst. Sie verstehen es einfach nicht.“ Marcus beugte sich zu Anthony, so nah, dass sich ihre Nasen fast berührten. „Aber du verstehst es doch, nicht wahr?“

Anthony machte einen Schritt zurück. „Ja. Sollen wir jetzt wieder reingehen? Willst du noch etwas trinken?“

Marcus lehnte sich gegen den Stamm des Baumes und ließ sich langsam daran zu Boden gleiten, bis er im Gras saß. „Ich möchte sie so wahnsinnig gern wieder haben. Aber ich habe sie nicht verdient.“

Anthony sah wieder durch den Garten. Es musste doch jemanden geben, der ihn aus dieser dämlichen Beichtsituation erlösen konnte. Aber nein.

„Ach, und ich habe sie verletzt. Ich habe sie furchtbar ver-

letzt." Marcus fasste nach Anthonys Knie, und Anthony sank neben ihm nieder.
Er schwankte zwischen Mitleid für den Typen und der Lust, ihn windelweich zu prügeln.
„Ich habe sie verletzt." Seine Stimme klang jämmerlich.
Mist, dachte Anthony, *jetzt fängt er jeden Moment an zu heulen.*

Das schlechte Gewissen stach Rae mit feinen Spitzen, als sie Mandys tränenüberströmtes Gesicht sah. *Du darfst jetzt nicht aufgeben,* redete sie sich selbst zu. Sie legte ihre Hand vorsichtig gegen die Tür ...
/***Kokosflocken***/**nie klappt etwas**/wieder krank zu Hause bleiben/
..., damit es nicht aussah, als wollte sie sie offen halten. Mandy sollte nur noch mal nachdenken.
„Ich weiß, wie schwer es ist", sprach Rae schnell weiter. „Meine Mutter ist praktisch direkt nach meiner Geburt gestorben, und es fällt mir immer noch schwer, darüber zu sprechen. Ein Jahr ... ein Jahr ist da sicher gar nichts."
Mandy atmete zitternd tief ein und wischte sich mit dem Ärmel die Tränen vom Gesicht. „Manchmal ja", gab sie zu. „Und manchmal kommt es mir so lange vor, dass ich mir sogar ihr Gesicht gar nicht mehr richtig vorstellen kann. Oder wie ihre Stimme klang."
Sieh zu, dass sie weiterredet, empfahl Rae ein gelassener, kühler Teil ihres Ichs. Andererseits wollte sie Mandy nicht noch tiefer in ihren Kummer stoßen. Das war nicht richtig.

„Aber du hast doch Bilder, oder?“, schaltete Yana sich ein. „Oder sogar Videos?“

„Ja, aber das ist nicht dasselbe“, antwortete Mandy.

„Natürlich ist es nicht dasselbe“, antwortete Rae und warf Yana einen Lass-es-bleiben-Blick zu. Es musste eine andere Möglichkeit geben, an die Information heranzukommen, die sie brauchte.

„Meine Schwester hat eine Art Mausoleum in ihrem Zimmer“, vertraute Mandy ihnen an und öffnete die Tür ein wenig weiter. Allerdings nicht weit genug, dass es als Einladung zum Eintreten verstanden werden konnte. „Mit Bildern und Kleidern und Parfüm. Es ist ein bisschen daneben. Ich ... ich könnte mit all dem Kram um mich herum nicht schlafen. Em – so heißt meine Schwester – sagt mir die ganze Zeit, dass ich mir von den übrig gebliebenen Sachen auch etwas aussuchen soll. Sonst nimmt sie alles.“

„Ein paar Dinge solltest du tatsächlich behalten“, sagte Rae. „Du musst sie ja nicht offen herumstehen lassen. Und du musst sie auch nicht laufend ansehen – wenn dir nicht danach ist. Aber vielleicht möchtest du es eines Tages doch, und dann ist es gut, eine Schachtel mit ein paar Sachen im Schrank zu haben. Ich habe so etwas auch.“

Rae sah die Schachtel mit den Utensilien ihrer Mutter, die ihr Vater in seinem Schrank aufbewahrte, vor sich. Vor fünf Jahren hätte sie das Zeug verbrannt, wenn sie die Möglichkeit dazu gehabt hätte. Ach was, vor fünf Jahren! Sogar noch vor einem Jahr. Aber jetzt – jetzt begann Rae ihre Mutter ein wenig zu verstehen. Und obwohl sie abstoßend fand, was ihre Mutter getan hatte, musste sie einsehen, dass es lebensnotwendig für sie war, so viel wie möglich über ihre Mutter zu wissen.

„Vielleicht hast du Recht", sagte Mandy.

Rae war so tief in ihre Gedanken versunken, dass sie einen Moment lang nicht wusste, was Mandy meinte.

„Sie hat auf jeden Fall Recht", antwortete Yana. „Wenn du willst, können wir dir helfen."

Du drängst sie viel zu sehr, dachte Rae. Aber zu ihrer Überraschung öffnete Mandy jetzt die Tür.

„Eigentlich ... doch, ja, ich glaube, das wäre gut", sagte Mandy und ließ Yana und Rae eintreten. „Allein will ich das nicht tun. Und mit meinem Vater oder mit meiner Schwester ..."

„Klar. Ich würde auch nicht mit meinem Vater zusammen die Sachen von meiner Mutter ansehen wollen. Ich würde mir dann nur noch Gedanken darüber machen, was er gerade empfindet", sagte Rae.

„Hat dein Vater ... hat dein Vater lang gebraucht, bis er ..." Mandy schloss einen Moment lang ihre Augen, dann öffnete sie sie wieder. „Bis er wieder normal war?"

Normal. So ein komisches Wort.

„Ich kann mich erinnern, dass er ganz normal war, als ich klein war. Er hat alles gemacht, was Väter eben so tun", antwortete Rae. „Aber ehrlich gesagt weiß ich nicht, wie gut er wirklich damit klargekommen ist. Jetzt ist er okay, denke ich. Manchmal ist er traurig. Aber trotzdem okay."

Mandy nickte. Ihr Gesicht wirkte angespannt, als wenn sie darauf achten müsste, dass ihr ihre Züge nicht entglitten.

„Gut. Dann sollten wir jetzt vielleicht anfangen", sagte sie schließlich. Sie begann an ihrem langen hellbraunen Haar herumzufummeln, rührte sich aber nicht vom Fleck. „Vielleicht findest du ja heraus, was du wissen wolltest, wenn wir die Kisten durchsehen. Du meinst doch, dass unsere Mütter zusammen in einer Gruppe gewesen sein könnten, nicht wahr?", fragte Mandy.

„Ja. Irgend so eine New-Age-Sache. Ich weiß eigentlich gar nichts darüber", sagte Rae. *Bis auf die Tatsache, dass jemand im Gefängnis darüber Bescheid wusste,* dachte sie. Ein kleiner Schauer durchlief sie, als sie sich daran erinnerte, wie sie den Fingerabdruck auf dem Basketball gelesen hatte, mit dem die Häftlinge gespielt hatten. Und dass jemand sich Gedanken darüber machte, oder eher: Angst davor hatte, dass Rae auf die Welt gekommen sein könnte, während ihre Mutter in der Gruppe war. „Hat deine Mutter jemals etwas davon erzählt?"

Mandy schüttelte den Kopf. Dann begann sie aus einer Haarsträhne neben ihrem Gesicht einen sehr dünnen Zopf zu flechten.

Sie bekommt Angst, dachte Rae. *Gleich kneift sie.*

„Woran ist deine Mutter denn gestorben?", platzte Mandy plötzlich heraus.

Sie tut alles, um nicht in diese Kisten sehen zu müssen, dachte Rae. *Erkundigt sich sogar lieber nach meiner Mutter ...*
„Sie ... die Ärzte haben es nicht herausgefunden", antwortete Rae langsam. „Es muss ausgesehen haben, als ob ihr Körper sich gegen sich selbst gewandt hätte, sich selbst zerstört hätte. Man hat nicht herausgefunden, was sie hatte, oder wie man es hätte aufhalten können. Bis es zu spät war."
Mandy schauderte. „Das hört sich ja furchtbar an", sagte sie. „Es tut mir Leid." Sie machte eine Pause, flocht noch immer sorgfältig ihr Haar. „Aber mit meiner Mutter ging es sogar noch schneller", sagte sie mit zitternder Stimme. „Sie kam gerade aus dem Geschäft. Da haben diese Typen ... diese Typen sie an einer roten Ampel aus dem Auto gezerrt und erschossen. Dann haben sie das Auto gestohlen." Mandy blinzelte einige Male. „Dabei hätte sie ihnen das Auto doch gegeben. Da bin ich mir ganz sicher."
„Bastarde", knurrte Yana.
„Ja", sagte Mandy. „Und das Auto haben wir trotzdem wieder bekommen. Sie haben sie wegen eines Autos umgebracht, und die Polizei hat es ihnen am Ende doch wieder abgenommen. Es steht abgedeckt in der Garage. Wie ein Geist. Ich gehe nie dahin, außer wenn es unbedingt notwendig ist." Nachdem der Zopf sekundenlang fertig war, löste sie ihn jetzt wieder auf und zog dabei so fest daran, dass Rae Angst hatte, sie würde sich die Haare ausreißen.
„Kommt mit. Die Sachen sind bei meiner Schwester im

Zimmer." Sie drehte sich auf dem Absatz um und ging durch den Flur voran, am Wohnzimmer und an der Küche vorbei. Vor einer geschlossenen Tür blieb sie stehen. „Meine Schwester hasst es, wenn ich hineingehe, ohne sie zu fragen."

„Ist sie denn hier?", fragte Rae überrascht. Das Haus war ihr vollkommen leer vorgekommen. Sie war davon ausgegangen, dass Mandy allein war.

„Nein." Mandy lachte nervös. „Darum ist es wohl auch albern, sich darüber Gedanken zu machen." Sie drehte langsam den Türknopf, dann stieß sie die Tür so heftig auf, dass sie gegen die Wand knallte. „Ich habe kein Verhältnis zu meiner eigenen Kraft", murmelte sie, während sie eintrat.

Mein Gott, das ist ja wirklich wie ein Mausoleum, dachte Rae, während sie die kleinen Trockenblumensträuße und Dutzende von Fotos einer Frau in die Hand nahm, die etwa im Alter ihres Vaters sein musste. Neben jedem Foto stand eine kleine Kerze. In der Luft lag der Geruch von Kerzenwachs und Weihrauch.

Raes Herz zog sich zusammen, als sie daran dachte, wie es wäre, wenn sie ihren Vater verlöre. Ihre Mutter hatte sie nie gekannt, aber ihr Vater ... er war für sie wie die Luft, etwas ganz Selbstverständliches und Wichtiges in ihrem Leben, selbst wenn sie nicht allzu oft in dieser Form an ihn dachte.

„Die Kisten stehen unter dem Bett. Wir nehmen sie mit in mein Zimmer", sagte Mandy.

Rae konnte verstehen, warum sie schnell wieder hinauswollte. Das Zimmer war wunderschön, aber gleichzeitig sehr bedrückend.

„Können wir dir tragen helfen?", fragte Yana und trat schon an das Bett heran.

Sie wirkte ziemlich forsch, fast schon unangenehm aufdringlich, aber Rae war trotzdem froh, dass sie dabei war. Wenn Rae und Mandy allein gewesen wären, hätten sie sich wahrscheinlich bis in alle Ewigkeit nicht von der Stelle gerührt. So kam es ihr jedenfalls vor.

„Ja", sagte Mandy. „Die beiden geblümten Kisten."

Im nächsten Augenblick ging Yana in die Knie. Sie zog eine Kiste hervor und reichte sie Rae ...

/Warum?/hätte nicht/warum?/warum?/

..., dann nahm sie die andere und erhob sich. „Geh mal voraus", sagte sie mit der Kiste auf den Armen zu Mandy.

„Mein Zimmer ist ein bisschen unaufgeräumt", entschuldigte sich Mandy, während sie die Mädchen weiter den Flur entlangführte, zu einer ebenfalls geschlossenen Tür. Verschämt lächelnd öffnete sie.

In Mandys Zimmer roch es nicht nach Kerzen oder Weihrauch. Es roch nach ... Pizza. Rae folgte dem Geruch bis zu einer Pizzaschachtel, die halb vergraben unter einem Haufen Klamotten lag. Mandy hatte, was den Zustand ihres Zimmers betraf, nicht übertrieben. Auf jeder ebenen Fläche stapelte sich der Krempel. Nur nicht auf dem Bett. Das Bett war eine friedvolle Oase inmitten des Chaos.

„Ich glaube, ich stelle das einfach mal hier ab", sagte Rae und stellte die Kiste vor das Fußende des Betts. Yana stellte ihre Kiste daneben.
„Tut mir Leid, wegen ..." Mandy machte eine hilflose Geste.
„Ich fühl mich ganz zu Hause", sagte Yana. „Du solltest mal mein Zimmer sehen."
Rae war sich ziemlich sicher, dass Yana log. Vor allem, wenn sie an die Blumenbeete dachte, die Yana neben dem Zugang zum Haus bepflanzt hatte. Aber Lüge oder nicht, es funktionierte jedenfalls. Mandy setzte sich mit gekreuzten Beinen aufs Bett und klopfte zu beiden Seiten neben sich. Rae und Yana nahmen die Einladung an, doch dann begann Schweigen wie kaltes Wasser den Raum zu füllen. Mandy starrte auf die Kisten, und die Stille legte sich wie ein Gewicht auf Raes Schultern und ihre Brust.
„Wie wollen wir es machen?", fragte Yana, und die Stille schluckte den Klang ihrer Worte. „Rae und ich können die Sachen herausnehmen und du sagst nur, behalten oder nicht behalten – falls es dir nicht unangenehm ist, dass wir die Sachen anfassen."
„Nein, nein, so ist es bestimmt gut", antwortete Mandy und begann einen neuen Zopf zu flechten.
Das war Glück! Rae hatte noch gar nicht darüber nachgedacht, was sie tun sollte, wenn sie keine Gelegenheit hätte Gegenstände zu berühren und so viele Gedanken wie möglich aufzunehmen.
Vorsichtig hob Yana den Deckel von der ersten Kiste. Sie

nahm einen pinkfarbenen Pullover mit Schneeflocken-Muster heraus.

„Nicht behalten“, sagte Mandy sofort. „Den hat sie gehasst.“

„Auf den Nicht-behalten-Stapel“, sagte Yana zu Rae und reichte ihr den Pullover.

Rae fiel auf, dass noch das Etikett daran war. Vorsichtig strich sie mit dem Finger darüber.

/kitschiges Ding/was hat er sich nur gedacht?/

Auf dem Rest des Pullis befanden sich ein paar verschwommene traurige Gedanken. Sonst nichts. Rae legte ihn vorsichtig beiseite.

Yana holte ein graues Sweatshirt mit Reißverschluss aus der Kiste. Die Vordertasche hatte sich auf einer Seite gelöst und die Kordel der Kapuze fehlte.

Mandy nahm das Sweatshirt, hielt es sich vors Gesicht und atmete seinen Geruch tief ein. „Behalten“, sagte sie mit undeutlicher Stimme. Zögernd reichte sie das Sweatshirt an Rae weiter.

/riecht wie ich/

Dieser Gedanke war so klar, dass er nur von Mandy stammen konnte. Daneben gab es auch wieder verschwommene traurige Gedanken, wahrscheinlich von demjenigen, der die Kiste zusammengepackt hatte. Allerdings gab es viel mehr fröhliche Gedankenfragmente; von Hunden, die Stöckchen nachjagten, Gezeitenpfützen, herumplantschenden Kindern. *Ferien am Strand,* dachte Rae.

Yana nahm den nächsten Pullover heraus.
Aber Mandy schüttelte den Kopf. „Das da ist das einzige Kleidungsstück, das ich haben will." Sie nahm Rae das Sweatshirt wieder ab und stopfte es unter ihr Kopfkissen.
Rae wollte ihr gerade sagen, dass der Geruch länger haften bleiben würde, wenn Mandy das Sweatshirt in einer Plastiktüte verwahrte. Aber dann überlegte sie es sich anders. Es war besser, wenn das Sweatshirt angefasst und berührt werden konnte, anstatt sich in etwas Unwirkliches zu verwandeln.
„Hier sind aber noch viel mehr Kleider drin", sagte Yana. „Bist du sicher, dass du ..."
„Ja", antwortete Mandy und klopfte auf das Kissen, unter das sie das Sweatshirt gestopft hatte.
Rae legte den pinkfarbenen Pullover zurück in die Kiste und ließ dabei noch mal die alten Gedanken durch sich hindurchströmen. Yana setzte entschlossen den Deckel darauf.
„Gut. Jetzt die andere Kiste", sagte Rae und zog die nächste Kiste heran. Sie warf Mandy einen Blick zu, um sich zu vergewissern, dass es ihr gut ging. Na ja – den Umständen entsprechend, entschied Rae. Sie nahm den Deckel von der zweiten Kiste und zog den erstbesten Gegenstand hervor – ein kleines rotes Spielzeugauto, in dem zwei kleine Figuren saßen. Ein Männlein war blond, das andere dunkelhaarig.
/Hutch geliebt/lasse es/
Ein Kichern wollte Raes Lippen entwischen, als sie das Ko-

mische in diesen Gedanken durchzuckte. Sie überspielte es mit einem Husten.

„Behalten oder nicht behalten?“, fragte Yana.

„Nicht behalten“, sagte Mandy, und ihre Stimme klang ein wenig zu laut. Rae legte das Auto beiseite und nahm einen Stapel Tarotkarten aus der Kiste.

Jetzt begleiteten Gefühle die Gedanken, durchzuckten Rae mit Lichtgeschwindigkeit, fast zu schnell, um sie zu erkennen. Da war Stolz, Begeisterung, Neugier, Angst, Misstrauen, Vertrauen – und wieder Angst, intensiver als alle anderen Gefühle, die Rae von dem Kartenstapel empfing.

„Hat deine Mutter Tarot gelegt?“, fragte Yana.

Rae war froh, dass sie etwas sagte. Sie selbst war im Moment viel zu durcheinander.

Mandy schüttelte den Kopf. „Sie fand, dass das alles Unfug war – Parapsychologie und so. Diese Karten haben bestimmt nicht ihr gehört. Sie müssen aus Versehen in die Kiste geraten sein.“

Rae wusste, dass die Karten sehr wohl Mandys Mutter gehört hatten – die Gedanken, die sich darauf befanden, hatten denselben Beigeschmack wie die fröhlichen Gedanken auf dem Sweatshirt, die genervten auf dem Schild an dem pinkfarbenen Pullover und die kindischen Gedanken auf dem roten Auto. Außerdem hatte Rae noch mitbekommen: Dass es eine Zeit gegeben hatte, in der Mandys Mutter geglaubt hatte, eine Gabe zu besitzen – die Gabe, Kartenlesen zu können.

„Vielleicht hat sie sich früher ja mehr mit solchen Sachen beschäftigt", meinte Rae. „Die Gruppe, in der sie und meine Mutter waren, war eine New-Age-Gruppe. Und Tarotkarten haben doch auch mit New Age zu tun. Irgendwie."
„Nein. Sie hat dieses Zeug wirklich gehasst", beharrte Mandy. „Ich kann mich da an eine Sache erinnern, als ich klein war: Wir hatten einen großen Krach, weil ich bei unserem Schul-Faschingsball zu einem Wahrsager gehen wollte, und sie hat es mir verboten. Ich bin völlig ausgerastet." Mandy starrte mit leeren Augen an Rae vorbei. „Ich kann mich genau erinnern, dass ich meiner Mutter gesagt habe, dass ich sie hasse."
„Wer hat das noch nicht zu seinen Eltern gesagt?", meinte Yana, bevor sich wieder Stille im Raum ausbreitete.
Rae legte die Karten zurück und nahm eine halb fertige Handpuppe aus der Kiste. Es war eine Katze. Zumindest sah es danach aus.
/zwei linke Hände/werde etwas kaufen/
Eine Welle von Ungeduld und Frustration durchflutete Rae. Diese Katze zu basteln musste alles andere als ein Vergnügen gewesen sein.
„Behalten", sagte Mandy. „Ich kann mich daran erinnern, wie sie sie gemacht hat. Wie sie versucht hat, sie zu machen", korrigierte sie sich. Mandy streckte die Hand aus, und Rae reichte ihr die Puppe.
Dann griff Rae wieder in die Kiste und stieß auf etwas Kühles und Glattes.

|Melissa|

Raes Finger krampften sich zusammen, als der Name ihrer Mutter zugleich mit einem Gefühl von Besorgnis über den Fingerabdruck in sie eindrang. Zögernd holte Rae den Gegenstand heraus: ein Polaroidfoto von einer Gruppe Frauen. Ziemlich genau in der Mitte stand Raes Mutter. Neben ihr, und den Arm um Raes Mutter gelegt, stand Erika Keaton. Die Frau, die die beste Freundin ihrer Mutter gewesen war. Die Frau, die ihre Mutter umgebracht hatte.

„Behalten oder nicht behalten?", hörte Rae Yanas Stimme. Obwohl es sich anhörte, als spräche sie aus einem weit entfernt liegenden Raum. Mit zitternden Fingern suchte sie das Foto nach weiteren Fingerabdrücken ab.

|darf keine von ihnen wiedersehen|Melissa und Erika sollten|krank|warum hat|

Rae merkte, dass ihr jemand das Foto aus der Hand nehmen wollte. Sie verstärkte ihren Griff.

„Rae?", fragte Yana. Sie klang immer noch weit entfernt.

„Meine Mutter", brachte Rae hervor. „Sie ist auf diesem Bild."

„Das ist sicher die Gruppe", sagte Yana. Sie beugte sich vor, um es anzusehen. „Auf dem Schild, um das herum sie sich aufgestellt haben, steht Wilton Community Center. Hat dort diese Gruppe stattgefunden?" Sie nahm Rae das Bild ab und betrachtete es eingehender. „Komisch", sagte sie. Ihre Stimme war so leise, dass Rae das Wort kaum verstehen konnte.

„Was denn?", fragte Rae und kam näher. Sie nahm das Bild wieder an sich und betrachtete es.
„Es ist einfach komisch, deine Mutter zu sehen", sagte Yana. „Ich habe ja noch nie ein Bild von ihr gesehen, aber sie – sie sieht genauso aus wie du."
„Ich glaube, ich war noch gar nicht geboren, als dieses Bild entstanden ist", sagte Mandy und lugte über Raes Schulter. „Kein Wunder, dass ich nichts von der Gruppe weiß."
„Ich muss mal eben ... kann ich mal ins Bad? Irgendetwas, das ich gegessen habe, revoltiert gerade ...", sagte Rae, und ihre Worte überschlugen sich.
„Gleich gegenüber, auf der anderen Seite des Flures", antwortete Mandy.
Rae stürzte los. Sobald sie im Bad war, schloss sie ab, dann ließ sie sich auf den Badewannenrand sinken. Die Gefühle von Mandys Mutter durchschnitten sie noch immer, scharf, wie die Scherben eines Spiegels.
Ekel. Auflehnung. Zorn. Angst. Not.
Was auch immer Amanda Reese in der Gruppe erfahren hatte, es hatte bei ihr Hass hinterlassen. Und eine so tiefe Angst, dass sie niemanden aus der Gruppe mehr sehen wollte, nicht mal ihre Freundinnen. Und Amanda war mit Raes Mutter befreundet gewesen. Das hatte Rae aus den Gedanken ebenfalls erfahren. Genauso wie mit Erika Keaton.
Rae drehte das Foto um und sah, dass sich auf seiner Rückseite eine säuberliche Liste befand. *Ich muss mir die Namen*

aufschreiben, dachte sie. Sie öffnete den Medizinschrank und fand einen Lippen-Konturenstift, den sie benutzen konnte, dann nahm sie aus einer Schachtel Tampons die Gebrauchsanweisung heraus, um Papier zu haben. Sorgfältig schrieb sie die Liste ab.

Mit einem Mal hatte Rae eine ganze Menge Spuren. Aber ob eine davon sie ans Ziel führen würde?

Anthony nahm den nächstbesten Ausgang – die Gartentür. Er hatte Marcus und sein Gejammer endlich hinter sich lassen können. Ein paar andere Jungs waren aufgetaucht und hatten ihn mit ins Haus genommen, um einen Blick auf die Badewanne zu werfen, die sie mit Bier gefüllt hatten.

„Ja-ckie, Ja-ckie, Ja-ckie!", hörte Anthony, als er die Gartentür öffnete. Was war denn jetzt wieder los? Probierte sie vielleicht aus, wie viel Rattengift sie vertragen konnte?

Er ging auf die Gruppe zu, die sich im Vorgarten versammelt hatte. Eigentlich hatte er zwar keine Lust, sich die Sache anzusehen, aber er konnte nicht anders. Ein lautes Autohupen lenkte seine Aufmerksamkeit auf die Straße. Dann merkte er, dass es dieses Auto war, das alle anstarrten – und hinter dessen Steuer Jackie saß.

„Ich werde jetzt den absoluten Geschwindigkeits-Weltrekord brechen", rief sie aus dem hellgrünen Cabrio. „Ich werde so schnell fahren, dass ihr mich nicht mal mehr sehen könnt."

Und sie sehen alle zu. Und womöglich verteilt gleich noch jemand Popcorn dazu, dachte Anthony angewidert. Aber wenigstens fuhr Jackie nicht schnell. Im Moment jedenfalls noch nicht. Sie fuhr in Schlangenlinien die Straße entlang, wobei sie den parkenden Autos ziemlich nahe kam. Aber sie war nicht in Gefahr, sich tatsächlich zu verletzen. Jedenfalls noch nicht.

Anthony lief um die Gruppe herum zum Auto. „Hey, Jackie, nimmst du mich eine Runde mit?", rief er.

Jackie schüttelte energisch den Kopf, und das Auto machte einen heftigen Schlenker. „Du hast es nicht verdient, mir so nahe zu sein", schrie sie.

Die Idioten in der Gruppe jubelten.

Gab es überhaupt einen Einzigen unter ihnen, dem klar war, dass Jackie, wenn sie Gas gab, im Rollstuhl enden konnte? *Oder tot.*

Zum Glück ist das Dach offen, dachte Anthony. Er fixierte den Beifahrersitz – und sprang. Er landete auf dem Bauch – halb im Auto, halb außerhalb. Das Metall des Fensterrahmens schnitt in sein Fleisch. Jackie gab Gas. Nicht viel, nur so viel, um ihn vielleicht loswerden zu können. Allerdings musste es dem Alkohol getränkten Schwamm, der ihr Hirn war, wie hundert Meilen pro Stunde vorkommen.

Er griff mit einer Hand nach dem Armaturenbrett, mit der anderen nach der Rücklehne des Beifahrersitzes, und schwang sich ins Auto.

„Hau ab!", kreischte Jackie.

Er hörte nicht auf sie und griff nach dem Lenkrad. Sie stemmte ihren Fuß aufs Gaspedal und drückte es durch. Das Auto zischte auf einen aufgemotzten Geländewagen zu. Anthony konnte gerade noch rechtzeitig das Lenkrad herumreißen, um einen Zusammenstoß zu vermeiden.

Aber sie fuhren jetzt schnell. Viel zu schnell. Anthony versuchte einen Fuß unter Jackies Fuß zu schieben, um ihn vom Gaspedal zu hebeln. Aber er konnte sich nicht gleichzeitig darauf und auf die Straße konzentrieren. Was aber nötig war, um nicht gegen einen Baum oder etwas anderes zu fahren.

Jackie nahm die Kurve sehr scharf, mit quietschenden Reifen, und raste auf die nächste Kreuzung zu. Offenbar scherte sie sich nicht darum, dass die Ampel vor ihnen rot zeigte.

„Ich habe keine Lust, in diesem Auto zu sterben!", schrie Anthony.

Die Schlüssel!

Er musste an die Schlüssel kommen! Er beugte sich zum Zündschloss. Jackie nahm eine Hand vom Steuer und versuchte ihn abzuwehren. Sie waren noch fünf Fuß von der Ampel entfernt. Noch drei Fuß.

Es gelang Anthony, Jackies fuchtelnde Hand zu fassen. Dann schaltete er die Zündung aus und zog den Schlüssel aus dem Schloss.

„Ich will schnell fahren!", schrie Jackie, als das Auto stehen blieb.

„Die gebe ich dir morgen zurück", sagte Anthony und umschloss die Schlüssel fest mit seiner Hand. Er schüttelte den Kopf. Warum hatte er eigentlich auf diese blöde Party gehen wollen?

KAPITEL SIEBEN

Rae versuchte Ryan Lardner zuzuhören. Mann, dieser Typ redete wirklich ohne Punkt und Komma! Was hatte der Jesperson sich eigentlich gedacht, als er ihm die Rolle des Othello gegeben hatte?

Sie sah kurz zu ihrem Englischlehrer und stellte fest, dass seine grauen Augen auf sie gerichtet waren. Wie immer. Oder zumindest kam es ihr so vor. Es war fast, als betrachtete Jesperson Rae als seine einzige Schülerin und als hielte er den Unterricht nur für sie. Er rief zwar auch andere Leute auf, das schon. Aber er sah niemanden so an wie sie.

Der will wohl Lehrer des Jahres werden oder so, sagte sie sich. *Er ist neu an der Sanderson Highschool, und er will beweisen, wie toll er ist. Seine Mission besteht nicht nur darin, unsere Köpfe mit Shakespeare voll zu stopfen. Er will uns verstehen, uns bei unseren Problemen helfen, und er will, dass wir mit unseren intimsten Geheimnissen zu ihm kommen.*

Wir. Klar, wir, dachte Rae. *Oder vielleicht eher „ich"? Er will, dass ich zu ihm komme, damit er mir durch meine Teenie-Ängste helfen kann, meinen ganzen armes-kleines-Mädchen-mit-dem-Nervenzusammenbruch Müll.*

Rae versuchte sich wieder auf den Text zu konzentrieren,

den Ryan sprach. Ihr war alles recht, damit sie nicht an Jesperson denken musste, den Kandidaten für den Albtraum des Jahres. Aber Himmel noch mal, checkte Ryan denn überhaupt nicht, was er da gerade las? Anscheinend las er bei jedem Wort nur das Wort – ohne eine weitere Bedeutung. Checkte er denn nicht, dass Othello gerade überlegte, wie er seine Frau umbringen könnte? Sie erwartete ja nicht, dass Ryan den großen Schauspieler mimte. Sie war ja auch keine Schauspielerin und las die Desdemona. Aber trotzdem: Ein bisschen Pep hätte er in die Sache schon bringen können.

„Sie erwacht", las Ryan.

Jetzt zeig, dass du es besser kannst, dachte Rae.

„Wer ist dort? Othello?", las sie. Zumindest klang es auch wie eine Frage. Ihr Stimme hob sich dort, wo es notwendig war.

Ryan wollte gerade mit seinem nächsten Vers beginnen, wurde aber unterbrochen, weil die Tür geöffnet wurde. Eine Schulsekretärin trat ein und reichte Jesperson eine Notiz.

Er überflog sie schnell. „Ryan, du sollst ins Sekretariat kommen. Nimm deine Sachen mit."

Die Klasse machte ihr obligatorisches leises „Oooh". Aber niemand glaubte, dass Ryan ernsthaft in Schwierigkeiten stecken könnte. Ryan war als Typ genauso langweilig wie sein Vortrag. Man konnte sich kaum vorstellen, dass er etwas tun könnte, was sich auch nur im Geringsten außer-

halb des Alltäglichen bewegte. Obwohl – waren es nicht immer gerade diese Typen, die plötzlich ausrasteten?
„Uns bleibt nicht mehr allzu viel Zeit", sagte Jesperson. „Ich werde den Othello für den Rest der Szene selbst lesen."
Oh, super!, dachte Rae. Sie wurde rot, als sie ihre Textstelle wiederfand. „Willst du zu Bette kommen, mein Gemahl?", las sie, ohne den Blick vom Buch zu heben.
Jesperson ging durch den Gang auf sie zu und rezitierte den nächsten Vers. Er beugte sich herab, stützte seine Arme auf ihr Pult. Irgendwie brachte Rae die Antwortzeile hervor, ohne dabei zu stottern.
Jesperson beugte sich noch weiter herab. So weit, dass Rae ein wenig seinen Schweiß riechen konnte. „Entsinnst du dich irgendeines Verbrechens, das noch der Gnade des Himmels nicht versöhnt ist, so bitt jetzt gleich um sie", rezitierte er. Und er klang alles andere als monoton. Seine Stimme war voller Leidenschaft und unterschwelliger Erregung.
Rae konnte nicht anders. Sie musste ein Stück von ihm abrücken, während sie die nächste Zeile las. Jesperson ließ nicht locker. Als er – in der Rolle des Othello – davon zu sprechen begann, dass er sie – Desdemona – töten werde, schienen seine Augen zu glühen. Sie kämpfte sich weiter. Der Unterricht dauerte nur noch ein paar Minuten, und dann würde dieses schaurige Intermezzo vorüber sein.
Aber die wenigen Minuten zogen sich in die Länge. Kamen Rae doppelt und dreimal so lang vor. Und mit jeder

Sekunde, die verstrich, wurde Rae nervöser, umklammerte das Buch mit ihren Händen und verschränkte die Fußgelenke ineinander. Othello/Jesperson wurde immer aufdringlicher. Unangenehmer. Und jetzt machte er eine Bewegung ...

„Fassen Sie mich nicht an!", schrie Rae, und die ganze Klasse lachte.

Jesperson richtete sich auf und trat einen Schritt zurück. „Ich bin wohl ein besserer Schauspieler, als ich dachte", sagte er und lächelte Rae an. Ein schmieriges Lächeln, das sie beinahe auf der Haut fühlen konnte. „Du hast aber doch nicht im Ernst gedacht, dass ich dich ersticken würde, oder?"

„Natürlich nicht", sagte Rae, und ihr Stimme klang scharf, obwohl sie leicht und scherzhaft hätte klingen sollen. Zu ihrer größten Erleichterung klingelte es. Sie feuerte den „Othello" in ihren Rucksack, raffte ihre Handtasche und ihre Jacke zusammen und sprang auf.

„Rae, kann ich dich einen Augenblick sprechen?", rief Jesperson, als sie schon fast an der Tür war.

Widerwillig drehte sie sich um und ging zu seinem Pult.

„Ich will nur sichergehen, dass alles okay ist", sagte er mit leiser Stimme, sodass nur sie ihn hören konnte. „Die Szene scheint dir ja wirklich nahe gegangen zu sein."

„Immerhin geht es dabei um einen Mord", antwortete Rae.

„Ja, aber trotzdem." Jesperson rieb sich die dunklen Bartstoppeln an seinem Kinn, die die Hälfte der Mädchen in der Klasse so sexy fanden. „Hast du irgendwelche Probleme? Irgendetwas, was dir Angst macht? Du weißt, dass du jederzeit mit mir reden kannst."

„Nein. Sie sind nur einfach ein zu guter Schauspieler, Mr Jesperson. Das ist alles", sagte Rae und zwang sich, seinem Blick nicht auszuweichen. „Jetzt muss ich mir etwas zu essen holen."

Ohne auf eine Antwort zu warten, lief sie aus dem Klassenraum. Es waren kaum noch Leute zurückgeblieben, und Rae wollte keine einzige Minute mit Jesperson allein verbringen müssen.

***

Ich muss mich zusammenreißen. Ich muss Geduld haben. Meine Hände zittern vor Verlangen, Rae zu ersticken. Ihr ein Kissen aufs Gesicht zu drücken – so lange, bis ihr Körper erschlafft. Oder ein Messer zu nehmen und sie aufzuschlitzen. Oder ein paar Tropfen Gift in ihr Essen zu träufeln. Langsam wirkendes Gift. Kein schnelles. Etwas, das sie leiden lässt. Ich will ihr Gesicht nie wieder sehen. Nie wieder ihre Stimme hören.

Meine Gedanken drehen sich nur noch um den Mord. Wann werde ich ihn begehen können? Wo? Und wie? Aber ich muss mich unter Kontrolle halten. Sie darf keinen Verdacht schöpfen. Sie hat Angst, das habe ich gemerkt. Ihre Angst steht ihr ins Gesicht geschrieben – sie schwingt in ihrer Stimme mit. Ich muss Geduld haben. Wenn nicht, werde ich nie dahinter kommen, wer sich noch für Rae Voight interes-

siert. Ich muss es herausfinden, bevor ich meinen Schritt ausführe. Der Zeitpunkt ihres Todes wird kommen. Und zwar bald.

***

Anthony stand vor der Cafeteria und warf Jackies Autoschlüssel von einer Hand in die andere. Er wollte ihn ihr hier draußen zurückgeben, ohne Publikum. Es war unnötig, alle Welt daran zu erinnern, dass sie gestern auf der Party die Kontrolle über sich verloren hatte.

Er schnaubte. Es war allerdings kaum anzunehmen, dass es jemand vergessen hatte. Er warf die Schlüssel mit einem extra heftigen Schwung, und sie flogen ihm aus der Hand und rutschten über den Boden. Er lief ihnen nach ... und sah Rae über den Flur kommen. Auf der Stelle hatte er ein Gefühl, als hätte man ihm in den Magen getreten.

Es ist schon besser, dass sie dich die Einladung zur Party gar nicht erst hat ausspucken lassen, sagte er sich. Er hatte gestern Abend viel zu viel über Rae und Marcus gehört. Aber was er dabei wirklich kapiert hatte, war, dass Marcus dieses Mädchen tatsächlich mochte. Und er war einfach so viel mehr ihr, tja, ihr Typ, oder wie immer man das nennen wollte.

Anthony ging in die Hocke und hob die Schlüssel auf, wobei er absichtlich ein paar Sekunden länger unten blieb, falls Rae vorbeirauschen wollte, ohne ihn zu bemerken. Was vielleicht das Beste gewesen wäre.

„Hallo, Anthony."

Anthony hörte auf, nach den Schlüsseln zu sehen. Er hob den Kopf ein wenig und ertappte sich, wie er auf Raes Beine starrte. Die würde er überall wiedererkennen.
„Hallo“, antwortete er und richtete sich auf. „Und? Äh, geht's besser?“ Er sah kurz in beide Richtungen den Flur hinab. Er brauchte eine Sekunde, um sich darüber klar zu werden, dass er nach Marcus Ausschau hielt. Als wenn er Marcus' Erlaubnis bräuchte, um mit Rae zu sprechen. Was Blödsinn war. Sie waren ja nicht mal mehr zusammen.
Aber er hätte es gern, dachte Anthony. *Und es wäre auch richtig.*
„... abgesehen von diesem ziemlich unangenehmen Ausschlag und dem Eiter geht es mir gut“, hörte er Rae, als er wieder auf Sendung war.
„Wie bitte?“, fragte Anthony, bevor er realisierte, dass sie ihn auf den Arm nahm. Was war er doch für ein Idiot!
„Vergiss es“, antwortete Rae. „Es ist alles okay. Bis demnächst.“ Sie wandte sich ab.
„Warte“, platzte Anthony heraus. „Ich möchte dich etwas fragen.“
Rae drehte sich wieder um. Sie sah ihn mit einer hochgezogenen Augenbraue an und wartete.
Verdammt. Was jetzt?, dachte Anthony. Es gab nichts, was er sie fragen wollte. Sie sollte nur bleiben. Nur einen Augenblick lang. Dann konnte sie weitergehen. Er wollte nicht, dass sie sauer auf ihn war. Was aber wohl der Fall war, weil er abgelenkt gewesen war, als sie mit ihm sprach.

Nervös drehte Anthony Jackies Schlüsselring um einen Finger. „Äh, also ... ich habe nur überlegt, ob du Jackie kennst. Jackie Kane."
„Wir waren früher befreundet", antwortete Rae. Wenn überhaupt irgendwas, dann blickten ihre Augen jetzt noch ärgerlicher. Sie wollte offenbar keine Sekunde länger mit ihm sprechen als notwendig. „Aber das ist eine ziemliche Weile her."
„Ich mache mir Sorgen um sie", gab Anthony zu. „Auf der Party hat sie sich völlig gehen lassen, und ich habe überlegt, ob sie schon immer so war."
Rae verschränkte die Arme vor der Brust. „Ist das wirklich dein Ernst? Du willst etwas über Jackie wissen?"
Anthony nickte. Hatte sie nicht verstanden, was er gerade gesagt hatte?
„Na gut. Dann werde ich dir etwas über Jackie erzählen, wenn es dich so interessiert. Letztes Jahr, als wir noch befreundet waren, war Jackie die Antithese von unkontrolliert."
Antithese. Danke, Rae. Hättest du kein schwierigeres Wort benutzen können?
„Sie hatte immer ein Ziel vor Augen – also sie hat alles getan, um das beste Highschool-Zeugnis zu bekommen, um später auf das beste College gehen zu können und so weiter", fuhr Rae fort. „Das war eigentlich alles, wofür sie sich interessiert hat."
„Dann hat sie sich aber ziemlich verändert", sagte An-

thony. „Gestern hat sie so viel getrunken, dass fünf Männer davon hätten kotzen müssen. Und ..."

„Weißt du, ich möchte während der Mittagspause an meinem Bild weiterarbeiten. Wolltest du sonst noch was von mir?", fragte Rae, und ihre Stimme klang scharf.

Anthony schob die Hände in seine Taschen. Wie er so darüber nachdachte, fiel ihm durchaus etwas ein, was Rae tun konnte. „Vielleicht könntest du" – er senkte seine Stimme – „ein paar Nachforschungen anstellen. Denn weißt du, ich glaube, dass irgendetwas mit ihr los ist. Etwas, was gefährlich werden könnte ..."

„Jackie kann doch wohl auf sich selbst aufpassen", fiel Rae ihm ins Wort. „Ich muss jetzt gehen." Sie lief davon.

Anthony schüttelte den Kopf. Er starrte noch immer auf den Flur, über den Rae davongestapft war. Obwohl sie schon um die Ecke gebogen war. Was war nur mit ihr los? Warum benahm sie sich plötzlich so, als wäre er der letzte Mensch auf diesem Planeten, mit dem sie zu tun haben wollte? Okay, ihm war klar, dass er Marcus nicht das Wasser reichen konnte. Aber waren sie nicht trotzdem irgendwie Freunde?

„Sind die Schlüssel vielleicht für mich?"

Ah, super. Anthony erkannte die Stimme sofort. Es war Jackie. Und sie klang nicht so, als wäre sie im Geringsten besserer Laune als Rae.

„Ja, die sind für dich", sagte Anthony, während er sich zu ihr umdrehte und ihr die Schlüssel zuwarf. Sie sah furchtbar aus – so furchtbar jedenfalls, wie ein Mädchen wie sie überhaupt aussehen konnte. Sie hatte dunkle Ringe unter den Augen und ihr Make-up konnte ihre ungesund fahle Hautfarbe nur ungenügend überdecken.

„Danke", knurrte Jackie. Dann ging sie zur Cafeteria.

Danke. Das war alles. Als sei er eine bezahlte Hilfskraft. Als hätte sie ihre Zunge gestern Abend nicht praktisch bis in seinen Magen gehängt. Mit zwei langen Schritten war Anthony neben ihr. „Keine Ursache, Prinzessin", sagte er. „Du solltest es mit dem Trinken und Fahren etwas genauer nehmen. Sogar du siehst nicht mehr gut aus, wenn du nach einem Crash auf der Straße liegst."

Jackie fasste ihn am Arm und zog ihn in die kleine Nische des Trinkbrunnens. „Dass eins mal klar ist: Du weißt überhaupt nicht, wer ich eigentlich bin", sagte sie. „Du hast nicht die allerleiseste Vorstellung davon. Und es geht dich außerdem auch nichts an."

„Ich weiß jedenfalls, was ich gestern Abend erlebt habe", entgegnete Anthony.

„Psst!" Jackie legte ihren Finger auf seine Lippen. „Ich gebe dir einen guten Rat. Halt die Klappe. Du siehst gut aus. Und du bist neu hier. Das ist dein Vorteil. Aber sobald du sprichst ..." Sie rümpfte die Nase. „So, und jetzt lauf und genieße es, solange du noch der interessante Neuling bist. Und nicht nur so eine Flasche von der Fillmore Highschool, die zufällig in der Lage ist, Football zu spielen."

Während ihm von ihren Worten der Kopf schwirrte,

machte sich Ärger in Anthony breit. „Na gut", sagte er. „Ich hab versucht, dir einen verdammten Gefallen zu tun. Aber gut." Er ging los. Zur Sporthalle. Er konnte auf keinen Fall in die Cafeteria gehen und wie üblich an dem Tisch essen, wo Jackie ihm gegenübersaß. Nicht jetzt, nachdem er wusste, dass sie ihn für einen riesigen Haufen Dreck hielt.
Er begegnete ein paar Jungen aus der Mannschaft und grüßte sie halbherzig. *Denken die eigentlich denselben Mist wie Jackie?*, schoss es ihm durch den Kopf. *Bin ich für alle nur der große, dumme Football-Bär?*

Selbstsüchtiger Idiot, dachte Rae, als sie den leeren Kunstraum betrat und die Tür hinter sich zuknallte. Oder versuchte, sie zuzuknallen. Es war eine Tür, die sich immer nur sehr langsam schließen ließ.
Nein, eher Jackie-süchtiger Idiot, korrigierte sie sich. Sie nahm ihr großes weißes Mal-Hemd vom Haken und zog es an. Sie fand es ungeheuerlich, dass Anthony sich Sorgen um Jackie machte. Um *Jackie*! Hatte jemand versucht, Jackie umzubringen? Nein. Hatte jemand einen Freund von Jackie entführt, um an Informationen über sie heranzukommen? Nein. Musste Jackie vielleicht an einer unheimlichen, unheilbaren Krankheit sterben, weil sie parapsychologische Kräfte besaß? Noch mal nein. Aber sie war diejenige, deretwegen Anthony sich Sorgen machte!
Rae hatte immer noch keine Gelegenheit gehabt, ihm von dem falschen Gasmann zu erzählen. Oder von ihrem

Taubheitsgefühl. Er hatte seinen Redefluss über Jackie nicht lang genug unterbrochen, als dass sie ein Wort hätte einwerfen können.

Vergiss ihn einfach, dachte Rae. Sie brauchte Anthony nicht. Yana und sie hatten die Situation vollkommen unter Kontrolle.

Malen. Du bist hier, um zu malen, rief sie sich ins Gedächtnis. Das Porträt ihrer Mutter war fast fertig. Sie hatte wie besessen daran gearbeitet, vor und nach den Schulstunden, und jeden Tag während des Unterrichts. Es kam ihr vor, als *müsse* sie daran arbeiten, auch wenn ein Bild ihrer Mutter unter normalen Umständen das Letzte gewesen wäre, was sie gern angefertigt hätte.

Rae lief an den kleinen Fächern an der Wand entlang zu ihrer Staffelei. Im Vorübergehen las sie Jackies Namen an einem Fach. Sie ging nicht in Raes Kurs, sondern anscheinend in eine Anfängerklasse. Rae zögerte. Ob mit Jackie wirklich etwas nicht stimmte? Rae hatte sie ja selbst beim Stehlen beobachtet. Obwohl Jackie Ladendiebstahl im letzten Jahr noch vollkommen verwerflich gefunden hätte.

Ich könnte ja mal ganz kurz darüber fühlen, dachte Rae und begann sich schon mit einem farbverschmierten Lappen das Wachs von den Fingern zu wischen. Dann fuhr sie mit den Fingerspitzen über den Deckel von Jackies Skizzenblock.

/nichts sagen/Tunfisch/ohne mit der Wimper zu zucken, wenn ich/nicht verraten/hübsche Perspektive/aussichtslos/warum

überhaupt/Geheimnisse/der neue Junge/nicht darüber reden/keiner kümmert sich/

Unwillkürlich strich Rae mit der Hand über eine Stelle unterhalb ihres Brustkorbes. Sie fühlte sich, als wenn sich in ihrem Inneren ein Loch aufgetan hätte. Und die Leere tat weh. *Dieser Schmerz gehört nicht zu dir, Rae,* sagte sie sich. *Er gehört zu Jackie.*

Anthony hatte Recht. Mit Jackie war etwas Schlimmes los. So schlimm, dass Jackie alles für aussichtslos hielt und glaubte, dass niemand sich um sie kümmerte. Rae nahm an, dass es mit den Geheimnissen zusammenhing, die Jackie hatte – was immer das auch für Geheimnisse waren. Das „nicht verraten", „darf nichts sagen" und „nicht darüber reden" betraf sicher auch – eben diese Geheimnisse.

Vielleicht sollte ich mit ihr reden, dachte Rae. *Sie scheint das dringend zu brauchen. Nur dass Jackie und ich kaum mehr miteinander gesprochen haben, seitdem ich aus dem Krankenhaus gekommen bin. Nur noch höflichen Smalltalk. Und selbst der hörte sich verkrampft an.*

Außerdem – nachdem Anthony Jackie auf die Liste der Mädchen gesetzt hatte, die er in dieser Woche zu retten gedachte – könnte sie jetzt doch zufrieden sein, oder? Und was würde sie schon wirklich ausrichten können? Sie hatte eigentlich keine Lust, mit Jackie über ihre tiefsten, dunkelsten Geheimnisse zu sprechen. Und Jackie ging es mit ihr wahrscheinlich genauso.

Rae seufzte und ging weiter zu ihrer Staffelei. Sie nahm das Tuch ab, mit dem sie die Leinwand verdeckt hatte – und fühlte sich plötzlich, als sei alles Blut aus ihrem Körper gewichen.
Das Gesicht ihrer Mutter ... Rae zwang sich, es genau anzusehen. Säure, stellte sie fest. Über das Gemälde war Säure gespritzt worden, was fransige Löcher in das Gesicht ihrer Mutter gefressen hatte. Außerdem war die Leinwand mit einem Messer aufgeschlitzt worden.
Rae wich zurück, bis sie an das Waschbecken hinter sich stieß und lehnte sich an. Ihre Beine kamen ihr zu schwach vor, um sie zu halten. Sie sah wieder auf das Bild, und aus der Entfernung stellte sie fest, dass die Schlitze nicht willkürlich gesetzt waren. Sie bildeten einen Satz: *Hör auf, Fragen zu stellen.*
Hör auf, Fragen zu stellen. Das bedeutete, dass jemand wusste, dass sie gestern Abend bei Amanda gewesen war. Rae wandte sich um und griff nach dem Kaltwasserhahn. Es gelang ihr, ihn zu öffnen. Dann lehnte sie sich vor und ließ kaltes Wasser über ihr Gesicht laufen.
„Gut", murmelte sie, als sie sich wieder aufrichtete. „Jemand will also nicht, dass ich Fragen stelle." Sie nahm ein paar braune Papierhandtücher aus dem Spender und rieb sich mit zitternden Händen heftig das Gesicht ab. Wer immer es war – der Unbekannte war wieder hier gewesen ... in ihrer Schule. In *ihrem* Kunstraum. Er hatte ihr Bild angefasst und zerstört. Allerdings hatte der Unbekannte auch

Angst, wie ihr klar wurde. Sie sollte keine Fragen stellen, weil sie der Wahrheit zu nahe kam – endlich!
„Tja, etwas mehr als das ist schon nötig, um mich aufzuhalten“, sagte Rae laut und gab sich Mühe, ihre Stimme stark klingen zu lassen. Sie richtete sich auf und betrachtete wieder das Bild. „Sogar bedeutend mehr als das.“

Kapitel Acht

Rae kam sich wie eine zappelige Fünfjährige vor. Sie konnte es kaum erwarten, dass die Gruppentherapie zu Ende ging. Jede Sekunde, die verstrich, war eine Sekunde, die sie nicht darauf verwenden konnte, die Wahrheit über ihre Mutter herauszufinden. Jede Sekunde, die verstrich, war eine Sekunde, die Rae möglicherweise dringend benötigte, um ihr Leben zu retten.

Mach, mach, mach, dachte sie, während ein neues Gruppenmitglied – Rae konnte sich nicht mal an den Namen des Mädchens erinnern, dabei hatte sie ihn vor drei Minuten noch genannt – stammelnd seinen Weg durch seine Psychose beschrieb. Rae erinnerte sich daran, wie schwierig es für sie gewesen war, vor wildfremden Leuten persönliche Dinge auszuspucken und hätte das Mädchen gern ermutigend angelächelt. Aber es gelang ihr einfach nicht, ihre Lippen zu bewegen.

Mach, mach, mach, dachte sie. *Du bist die Letzte für heute. Wenn du fertig bist, sind wir durch. Auch wenn es ein paar Minuten zu früh ist.*

Rae hatte nach der Schule Yana angerufen und ihr berichtet, was mit ihrem Bild passiert war. Noch bevor Rae weiterreden konnte, hatte Yana dazwischengefunkt und gesagt, dass sie gleich heute noch zum Wilton Center mussten. Sie wollte Rae nach der Gruppenstunde abholen, um mit ihr im Auto hinzufahren.

Schließlich kam das Mädchen, das gerade sprach, zu einem unerwarteten Ende. *Gott sei Dank!,* dachte Rae. Aber dann stellte Mrs Abramson, die Leiterin der Gruppe, dem Mädchen eine Frage. Klar. Das war ja auch ihr Job. Sie alle dazu zu bringen, tiefer zu graben, genauer hinzusehen.

Rae merkte, dass sie unablässig mit der Ferse auf den Boden hämmerte. Sie drückte mit der Hand auf ihr Knie, um den Fuß flach auf den Boden zu stellen und ihn dort zu halten. Solche Dinge – unbewusst ständig wiederholte Bewegungen, Anzeichen von Angst oder mangelnden sozialen Empfindens – wurden in ihrer Akte notiert. Und wenn sie endlich aufhören wollte, an diesem merkwürdigen Vergnügungsfest teilzunehmen, musste sie so normal wirken, dass sie sämtliche Leute zum Einschlafen brachte.

„Gut, das war's für heute", sagte Mrs Abramson.

Rae gelang es, nicht von ihrem Stuhl aufzuspringen und zu jubeln. Stattdessen erhob sie sich geräuschlos, wie eine normale Person, zog sich ihre Jacke an, wie eine normale Person, nahm ihre Sachen, wie eine normale Person, und verließ den Raum, wie eine ganz normale Person.

Sie hatte erst ein paar Schritte auf dem Flur zurückgelegt, als Jesse Beven sie einholte.

„Können wir nicht etwas unternehmen?", fragte er und sah sie mit seinen blauen Augen eindringlich an.
„Etwas unternehmen?", wiederholte Rae.
„Ja, etwas unternehmen", sagte Jesse. „Du weißt schon, herausfinden ..." Er sah sich kurz um, um sicherzugehen, dass niemand zuhörte. „Herausfinden, wer mich entführt hat und dich *umzubringen* versucht hat. Denken wir uns einen Plan aus? Oder sollen wir einfach nur herumsitzen und Däumchen drehen?"
Rae wusste, dass Yana draußen auf dem Parkplatz wohl schon auf sie wartete. Aber es war klar, dass Jesse sie ohne eine Antwort nicht ziehen lassen würde. „Ich würde gern etwas unternehmen", sagte sie. „Aber wir haben nichts in der Hand, wie du dich vielleicht erinnerst. Der Typ, der dich entführt hat, ist längst über alle Berge, und wir haben nicht die leiseste Ahnung, wer ihn angeheuert hat. Oder wer David Wyngard angeheuert hat, um die Bombe zu legen. Wie sollen wir uns einen Plan ausdenken, wenn wir keine Anhaltspunkte haben?"
Jesses ohnehin schon gerunzelte Stirn zog sich zu einer absolut finsteren Miene zusammen. Seine Augen verdunkelten sich.
„Ist vielleicht etwas Neues passiert?", fragte Rae. „Hast du Angst ..."
„Ich habe einfach ständig Albträume!", platzte Jesse heraus. „Dass ich wieder in diesem Lagerhaus bin und alles." Er wich ihrem Blick aus, aber sie merkte, dass er die Hände zu

Fäusten ballte. „Jeden Morgen, wenn ich aufwache, bin ich völlig fertig. Der Typ, der mir das angetan hat, soll mir nicht einfach so davonkommen."

Rae nickte. Sie befürchtete, dass Jesse weniger erschöpft als ängstlich war. Aber sie wollte nicht nachhaken. Fragen dieser Art stellte Mrs Abramson.

„Wenn irgendwas geschieht, irgendetwas, das uns einen Anhaltspunkt gibt, bist du der Erste, dem ich es sagen werde", versprach Rae und fühlte einen Stich schlechten Gewissens. Wenn sie die Wahrheit über ihre Mutter herausfand, konnte sie das möglicherweise zu der Person führen, die sie beide, Jesse und sie, suchten. Aber sie war sich dessen nicht ganz sicher. Wenn sie irgendeine Information bekam, die Jesse interessieren könnte, würde sie ... Okay, sie konnte dann immer noch entscheiden, was zu tun war. „Ich muss jetzt gehen", sagte sie.

„Mach jetzt nicht auf Mami und versuch nicht, mich zu beschützen", sagte Jesse. „Diese Sache geht nicht nur dich an."

Rae nickten. Auf Mami machen! Ha!

Jesse trabte schon den Flur entlang.

„Jesse!", rief sie, ohne es eigentlich zu wollen. Sein Name sprang ihr einfach aus dem Mund.

Eigentlich kann es dir doch egal sein!, sagte sie sich. Aber sie stellte die Frage trotzdem: „Äh, weißt du vielleicht, wo Anthony ist – ich meine, weißt du, warum er nicht bei der Gruppe war?"

Es geht dich überhaupt nichts an!, dachte sie. *Du brauchst An-*

thony Fascinelli nicht. Aber das Bild der Säure, die sich durch das Porträt ihrer Mutter fraß, ließ sie nicht los. Und auch wenn Anthony in letzter Zeit null Interesse dafür gezeigt hatte, wie es ihr ging, war er doch derjenige, dem sie erzählen wollte, was passiert war.

„Ach so, richtig. Du bist ja ein bisschen zu spät gekommen ... Mrs Abramson hat gesagt, dass er nicht mehr kommen kann. Ich denke, er muss das noch mal mit ihr regeln", erklärte Jesse. „Die Gruppensitzung fällt mit seinem Football-Training zusammen, und das Training ausfallen zu lassen würde heißen, das Stipendium aufs Spiel zu setzen." Jesse klang nicht so, als hielte er den Verlust eines Stipendiums für besonders problematisch.

Er hat sicher Angst, Anthony, der fast wie ein großer Bruder für ihn ist, zu verlieren, schoss es Rae durch den Kopf. Hier war der Ort, wo sie sich hauptsächlich trafen. „Ihr werdet euch sicher auch weiterhin sehen", meinte sie.

„Keine Ahnung", antwortete Jesse. Ohne ein weiteres Wort ging er davon. Offenbar hatte er keine Lust, mit Rae eine Mini-Therapie-Sitzung über seine Gefühle wegen Anthonys Abgang zu machen.

Du musst sowieso los, dachte sie. Die Zeit. Vergeht. Tick, tick, tick. Sie begann einen Power-Walk den Flur entlang, kam aber nur fünf Schritte weit, bevor Mrs Abramson sie einholte.

„Rae, ich möchte dich gern einen Augenblick sprechen", sagte Mrs Abramson.

„Gern“, antwortete Rae, obwohl sie am liebsten geschrien hätte.

Mrs Abramson lenkte sie zu einer Bank, die an der Seite des Flures stand.

„Worum geht's?“, fragte Rae, als sie sich setzten. Sie wollte diese Unterhaltung schnell beginnen, um sie dann schnell wieder beenden zu können.

„Ich habe mitbekommen, dass du heute während der Gruppenstunde ziemlich nervös warst“, begann Mrs Abramson.

Rae verdrehte die Augen, unzufrieden mit sich selbst. Dann hatte sie plötzlich Angst, dass Mrs Abramson es gesehen haben und denken könnte, dass Rae die Grimasse ihretwegen schnitt.

„Ich, ja, Sie haben Recht“, antwortete Rae. „Ich weiß auch nicht, warum. Das Ameisen-in-den-Beinen-Syndrom.“

Das Ameisen-in-den-Beinen-Syndrom? Hatte sie das wirklich gerade gesagt? Zum Glück war extreme Dämlichkeit kein Anzeichen für eine geistige Krankheit, sonst hätte Mrs Abramson Rae gleich abtransportieren lassen.

„Diese Metallstühle sind ja auch nicht gerade bequem“, antwortete Mrs Abramson.

War's das etwa?, dachte Rae.

„Aber manchmal kommt in der Gruppe etwas zur Sprache, das einen irgendwie berührt“, fuhr Mrs Abramson fort.

Das war's natürlich nicht. Wie konnte ich das bloß annehmen!, sagte Rae zu sich selbst.

„Manchmal bekommt man gar nicht mit, was eigentlich los ist. Aber irgendetwas ist da, das sich durch Unbehagen oder Nervosität ausdrückt", sagte Mrs Abramson. „Kannst du dich erinnern, wann du das erste Mal dieses Ameisen-in-den-Beinen-Gefühl hattest?"
„Das war, bevor ich hierher kam", antwortete Rae. Was auch stimmte. Es hatte in dem Moment angefangen, nachdem sie die Hör-auf-Fragen-zu-stellen-Warnung erhalten hatte. Es war also kein großes psychologisches Rätsel.
Mrs Abramson betrachtete sie einen Moment lang. „Ist heute in der Schule irgendetwas Ungewöhnliches passiert?"
„Nicht unbedingt. Nur ... die üblichen Schulangelegenheiten", sagte Rae und hielt sorgfältig den Blickkontakt. Der war Mrs Abramson sehr wichtig. Sie ihrerseits sah Rae an, als glaubte sie, alles aus Raes Gehirn herausziehen zu können, wenn sie sie nur lang genug anstarrte.
Rae mochte Mrs Abramson. Sie mochte sie mehr als sämtliche Therapeuten, mit denen sie bereits zu tun gehabt hatte. Aber manchmal kam es ihr vor, als wollte Mrs Abramson sie wie eine Zwiebel schälen und Haut um Haut von ihr abziehen. Und was sollte dann übrig bleiben? Das hatte Rae sich schon oft gefragt. Denn bei einer Zwiebel – da blieb ja eigentlich gar nichts übrig, wenn die Häute erst einmal abgezogen waren.
„Die üblichen Schulangelegenheiten", wiederholte Mrs Abramson, nachdem sie ihren bis zur Seele bohrenden

Blick aufgegeben hatte. „Na gut, ich wollte nur mal nachfragen. Und, ach ja, ich wollte auch mal wieder einen Einzeltermin mit dir ausmachen. Wie wäre es nächsten Montag, nach der Gruppensitzung?"

Diese Frage war in Wirklichkeit gar keine Frage. Rae unterdrückte ein Seufzen. „Okay." Das war die einzige Antwort, die sie geben konnte.

„Also abgemacht. Dann noch einen schönen Tag", sagte Mrs Abramson.

Rae stand auf und ging in normalem Tempo, bis sie das Gebäude verlassen hatte. Dann rannte sie zu Yanas Auto und stieg atemlos ein.

„Auf zum Wilton Center", sagte Yana, während sie den Motor startete.

Rae antwortete mit einem halbherzigen „Mh". Sie hatte die Sekunden gezählt, bis sie aus dem Oakvale-Institut, in dem die Gruppenstunden stattfanden, herauskam. Aber jetzt, wo Yana und sie zum Wilton Center fuhren, hatte Rae das Gefühl, dass ihr am laufenden Band Säure ins Gesicht spritzte.

Ich könnte es ja tun, dachte sie. *Ich könnte aufhören, Fragen zu stellen. Ich könnte ...*

Ich könnte sterben. Das war die Alternative.

Rae fuhr sich mit beiden Händen über das Gesicht.

„Alles in Ordnung?", fragte Yana.

„Bei mir? Könnte nicht besser sein", antwortete Rae, und ihre Stimme klang sarkastischer, als beabsichtigt.

„Dann ist ja alles okay", sagte Yana. Sie schaltete das Radio ein, und sie hörten Musik, bis sie beim Wilton Center ankamen; dem Ort, wo die Gruppe stattgefunden hatte, die Gruppe, die Mandys Mutter, Raes Vater und den Basketball spielenden Häftling so geängstigt hatte.
„Es sieht ... vollkommen normal aus. Von außen wenigstens", stellte Yana fest.
„Stimmt." Rae stieg aus dem Auto, betrachtete die offenbar von Kindern gebastelten Masken in der oberen Fensterreihe und die offensichtlich von Erwachsenen gefertigten Windspiele im Vorgarten des Centers. Ihre Augen blieben schließlich an einem Zeichen links vom Gerüst mit den Windspielen hängen, und Rae fühlte sich plötzlich, als hätte ihr jemand einen Eiswürfel hinten ins Hemd gesteckt. Das Zeichen sah genauso aus wie das auf dem Foto, auf dem ihre Mutter mit den anderen Mitgliedern der Gruppe zu sehen war. „Da drüben muss meine Mutter gestanden haben", murmelte sie.
Yana fasste sie am Arm. „Lass uns reingehen."
„Du hast ja Eisflossen", beklagte sich Rae, während Yana sie zum Haupteingang zog.
„Na ja. Ich habe ein bisschen Angst", gab Yana zu und festigte ihren Griff. „Ich habe es dir noch nie gesagt, aber Leute, die stricken ... die beunruhigen mich einfach."
„Wegen der Nadeln?", fragte Rae. „Weil sie lang und spitz sind?"
„Nein. Nicht wegen der Nadeln. Oder wegen der Wolle.

Wegen der Leute. Einfach wegen der Leute, weißt du", sagte Yana. „Sie wollen, dass alle so drauf sind wie sie. Sie lassen nicht locker, bis alle Wollsocken stricken." Sie senkte ihre Stimme zu einem Flüstern. „Das ist ein Kult."

„Gut. Wir werden ihnen aus dem Weg gehen", versicherte Rae, während sie eintraten, und unterdrückte ein Lachen.

„Irgendwie sieht es hier drinnen normaler aus", meinte Yana.

„Mh." Die Wände waren hellgelb gestrichen, die Böden mit gepunktetem Linoleum belegt. Es roch nach Farbe und Kleister und ... Rae atmete noch mal ein. Nach Büchern. Nach vielen Büchern. Etwas entfernt konnte man ein Streichquartett proben hören. Und von gegenüber klang es nach Flamenco-Tanz. „Ich nehme an, die Kurse laufen gerade", sagte sie. Tatsächlich war kein Mensch in Sicht.

„Weshalb dies der perfekte Zeitraum ist, um sich mal umzusehen", antwortete Yana. Ohne Rae loszulassen, lief sie nach rechts den Flur entlang. Einige Türen, an denen sie vorbeikamen, standen offen. Allerdings war alles, was sie zu sehen bekam, restlos *normal.* Eine Gruppe von Frauen arbeitete an einer Steppdecke. Ein paar kleine Kinder sahen ein Puppentheater an. Und andere Leute wiederum machten Yoga.

Das Zeichen draußen ist zwar das Gleiche, dachte Rae. *Aber drinnen kann ja alles anders geworden sein. Es ist fast zwanzig Jahre her. Vielleicht gibt es hier nichts zu finden. Vielleicht ...*

„Lass es uns mal dahinten versuchen", sagte Yana und riss

Rae aus ihren Gedanken. Sie deutete mit dem Kopf auf eine Tür mit einem Schild „Nur für Mitarbeiter des Wilton Centers".

Rae warf einen Blick über ihre Schulter. Der Flur war immer noch leer. „Okay. Ich glaube, wir haben hier genug gesehen."

„Allerdings. Sonst falle ich noch in ein diabetisches Koma. Hier ist es ja noch schöner als in *Der siebte Himmel*", antwortete Yana und ging voraus zu der Tür.

„Kenne ich nicht", sagte Rae. „Wir haben keinen Fernseher."

„Du hast auch nichts verpasst", sagte Yana. Sie öffnete die Tür.

Rae spähte über ihre Schulter. Alles, was sie sehen konnte, war ein enges Treppenhaus, das abwärts führte.

Yana zögerte eine halbe Sekunde lang, dann begann sie die Stufen hinabzusteigen, auf einen kleinen Absatz zu. Rae zog die Tür hinter sich zu und folgte ihr. Der Farb- und Kleistergeruch wurde intensiver, vermischte sich mit dem Duftstoff eines Reinigungsmittels. Auf der Hälfte der Treppe musste die Marke gewechselt worden sein, denn jetzt bekam Rae eine Woge Fichtennadel- und Zitronengeruch ab. Keine besonders nasenfreundliche Kombination.

Rae begann durch den Mund zu atmen. Das Geräusch ihrer Atemzüge klang laut in ihren Ohren. Aber da war noch etwas. Noch ein leises Geräusch. Rae packte Yana am Ellbogen. „Warte mal einen Moment", flüsterte sie. Sie hielt den Atem an. Das leise Geräusch war weiter zu hören. Woher kam es?

Turnschuhe, schoss es ihr durch den Kopf. Turnschuhe auf den Betonstufen unter ihnen. Sie bewegten sich auf den kleinen Absatz zu, zu dem sie hinunterliefen.

Rae und Yana tauschten einen Blick, dann drehten sie sich um und rannten zurück, die Treppe hinauf. Rae gab sich Mühe, nur auf Zehenspitzen zu laufen, aber einer der breiten Absätze ihrer Schuhe landete doch auf der Kante einer Stufe, und das Geräusch hallte durch das ganze Treppenhaus.

Yana kam jetzt an den Kopf der Treppe, griff nach dem Türknauf und riss daran. „Abgeschlossen", flüsterte sie, während sie den Knopf vor- und zurückdrehte.

„Kann ich Ihnen vielleicht helfen, meine Damen?", rief eine freundliche Stimme.

Rae und Yana fuhren herum. Ein Mann, der etwas über vierzig sein musste, mit einem typischen kleinen, grauen Oldie-Pony, kam ihnen auf der Treppe entgegen. Er sah kein bisschen sauer oder verärgert aus.

„Wir haben nur ... die Dunkelkammer gesucht", plapperte Rae los. „Ich wollte hier einen Fotokurs besuchen."

Hoffentlich bieten sie hier überhaupt Fotokurse an, dachte sie. „Und meine Freundin möchte gern stricken", fügte sie hinzu und überhörte Yanas Schnauben.

„Ihr lauft in die falsche Richtung", antwortete der Mann. Er ging zur Tür, zog einen Schlüsselring aus der Tasche und ließ sie zurück auf den Hauptflur. „Ich heiße Aiden Matthews", sagte er. „Ich bin einer der Kursleiter hier und kann euch gern ein bisschen herumführen. Und ich weiß auch schon, womit wir anfangen." Er führte sie zum Ende des Ganges und um die Ecke herum. „Wie findet ihr das?" Er zeigte auf eine Glasvitrine mit gestrickten Pullovern. „Ein paar Kursstunden, und dann können wir vielleicht auch deine Arbeit schon hier ausstellen", sagte er zu Yana.

„Cool", knurrte Yana bloß.

Aha, du hast also die Möglichkeit, hier ein paar Informationen zu bekommen, dachte Rae. *Dann nutze sie!* „Seit wann arbeiten Sie denn schon hier?"

„Du wirst es kaum glauben, aber ich habe hier direkt nach dem College angefangen", antwortete Aiden.

Er könnte sie gekannt haben, dachte Rae, und eine Mischung aus Begeisterung und Misstrauen durchflutete sie. „Wirklich? Wow! Dann müssen Sie schon da gewesen sein, als meine Mutter hier Kurse besucht hat", sagte Rae. „Es ist fast schon zwanzig Jahre her. Bevor ich auf die Welt kam. Wie man sieht. Ich weiß, dass sie unheimlich gern hier war. Sie hat hier viele Freunde kennen gelernt."

Halt!, befahl Rae sich selbst. *Das ist zu viel! Viel zu viel!*

„Wie hieß deine Mutter denn?", fragte Aiden. „Vielleicht kann ich mich an sie erinnern."

„Melissa Voight", antwortete Rae und beobachtete sein Gesicht. Seine Augen weiteten sich ein wenig, aber das war seine einzige Reaktion. „Vielleicht war es auch weniger ein

Kurs. Eher eine Gruppe. Es ging in die Richtung von New Age, hat mein Vater gesagt."

„Mh, mh." Aiden blickte hinter sich den Flur entlang, sah dann zurück zu Rae und Yana und dann wieder über den Flur.

À propos Ameisen-in-den-Beinen-Syndrom, dachte Rae. *So wie er aussieht, würde er am liebsten hinauslaufen und nie mehr stehen bleiben. Was weiß er?*

„In ein paar Minuten beginnt ein Kurs, den ich leite", sagte Aiden. „Das ... das hatte ich ganz vergessen, als ich euch anbot, euch herumzuführen. Ich muss euch bitten zu gehen, denn es ist nicht erlaubt, dass sich Nicht-Mitglieder ohne Begleitung umsehen. Aber wenn ihr mir eure Adressen geben wollt, schicke ich euch Informationen über Strick- und Fotokurse."

Was für ein Kurs soll denn um zwanzig nach beginnen?, dachte Rae, als sie auf ihre Uhr sah. Es war klar, dass Aiden sie loswerden und hinauswerfen wollte. *Er weiß etwas. Hundertprozentig.*

Rae zog ein Notizbuch und einen Stift aus ihrem Rucksack, ließ sich von ihren alten Gedanken durchströmen, ohne auf sie zu achten, und schrieb schnell ihren Namen, Adresse und Telefonnummer auf. „Sie können mir die Informationen über beide Kurse schicken", sagte sie. Der Typ benahm sich merkwürdig. Es war besser, wenn er keinen direkten Kontakt mit Yana hatte. „Kann ich Sie anrufen, wenn ich Fragen habe?"

„Ich selbst kann zu diesen Kursen nichts sagen", sagte Aiden. „Aber wenn du hier im Center anrufst, wird dich die Zentrale mit einem der Kursleiter verbinden. Ich bin sicher, dass sie dir gern Auskunft geben werden." Er sah auf seine Uhr. „Ich muss jetzt wirklich gehen."

Rae streckte ihre Hand aus. Es war Zeit, das anzuwenden, wofür sie eigentlich hierher gekommen war. „Vielen Dank, dass Sie uns herumgeführt haben."

Aiden nahm ihre Hand. Seine war feucht – von Schweiß –, was es Rae leicht machte, ihre Hand so zu verschieben, dass sie Fingerspitzenkontakt mit ihm hatte.

Sofort gingen seine Gedanken auf sie über. Nicht nur seine Gedanken. Auch seine Erinnerungen. Seine Ängste. Seine Gefühle. Sogar die Dinge, die er vor sich selbst verleugnete, und die tief in seinem Unterbewusstsein vergraben waren.

Konzentrier dich, ermahnte Rae sich selbst. *Du hast nicht viel Zeit.* Da. Da war ein Knoten von Gefühlen, als er den Namen ihrer Mutter hörte – Zorn und Angst, durchsetzt mit Übelkeit. Rae versuchte, sich an diese Gefühle zu halten, und sie führten sie zu einem ganzen Strom von Gedanken.

/wie viel weiß sie/und ich habe sie herumgeführt/weiß von den Experimenten/bin reingelegt worden/wie sie gestorben ist/weiß sie/ihre Mutter/ihre Mutter/

Zögernd ließ Rae Aidens Hand wieder los. Ihr war klar, dass sie noch viel mehr von ihm hätte erfahren können. Aber nicht ohne Fingerspitzenkontakt, was jedermann misstrauisch machen musste. „Vergessen Sie nicht, mir die Unterlagen zu schicken. Wir interessieren uns wirklich sehr für diese Kurse", sagte sie.

Und ich werde auf jeden Fall hierher zurückkommen, dachte sie. Denn Aiden – oder jemand anderer hier – weiß alles, was ich wissen muss. Ich fühle es.

„Ich werde es nicht vergessen", rief Aiden über die Schulter zurück. Er war schon auf der Hälfte des Flurs.

Rae ging zum Ausgang voran.

„Das war ja ein totaler Flop", sagte Yana.

„Ja", antwortete Rae und brauchte all ihre Konzentration, um zum Auto zu gehen. Ihre Knie waren weich vor Angst – vor Aidens Angst und auch ihrer eigenen.

Das Wort *Experimente* klang in ihrem Kopf nach. Dieses Wort, es hatte sich ... bedrohlich angefühlt, als sie es von Aiden empfangen hatte. Was für Experimente hatte er gemeint? Und hatte man sie bei Raes Mutter angewendet?

Kapitel Neun

Am Freitag zog Anthony sich nach dem Training rasch an und verließ in aller Eile den Umkleideraum. Er hätte nichts dagegen gehabt, noch ein Weilchen in der Sauna zu bleiben – ungeheuerlicherweise ging er auf eine Schule mit einer eigenen Sauna –, aber er hatte keine Lust mehr, mit den anderen Jungen zusammenzubleiben.

Du Weichei, nur weil dir gestern diese kleine Miss reiches Mädchen auf den Schlips getreten ist. Findest du das nicht jämmerlich? Es war komplett jämmerlich. Aber es war die reine Wahrheit. Sogar wenn er mit seiner Mannschaft zusammen war, mit den Jungs, die ihn in ihre Mitte aufgenommen hatten – nachdem er es ihnen auf dem Feld gezeigt hatte –, die Jungs, mit denen er feierte, gingen ihm immer wieder Bruchstücke von dem, was Jackie gesagt hatte, durch den Kopf.

Du bist neu hier, das ist dein Vorteil. Eine Flasche von der Fillmore Highschool, die zufällig Football spielen kann. Genieß die Zeit, solange du der interessante Neuling bist. Aber halt die Klappe! Halt bloß die Klappe!

Das ist doch alles Quatsch!, redete er sich zu. *Das ist nur das Gewäsch eines Mädchens, das eingeschnappt ist, weil du ihr die*

Wahrheit gesagt hast – dass sie sich wie ein Idiot benommen hat. Aber Jackies Worte flüsterten weiterhin in seinem Kopf.

Nur eine Flasche. Halt die Klappe. Genieß es. Der Neuling ...

„Hey, Fascinelli, warte mal", rief Marcus hinter Anthony her und unterbrach damit Jackies Endlos-Stimme. „Ich möchte, dass du dir was ansiehst."

Anthony blieb stehen und drehte sich um. Marcus kam zu ihm gestürzt und sah so zutraulich aus wie ein großer blonder Golden Retriever.

Wenn er wirklich nur so täte, als nähme er mich für voll, würde er nicht ... Anthony verbot sich, den Gedanken zu Ende zu denken. Er benahm sich ja wie ein Mädchen, analysierte jeden Scheiß. „Was denn?", fragte er.

Marcus sah sich kurz um, dann zog er eine längliche Samtschachtel aus seiner Sportjacke. „Das bleibt unter uns, okay? Die Jungs nehmen mich wegen Rae schon genug auf den Arm."

Rae. Verdammt. Warum musste es um Rae gehen?

Vielleicht wegen der Sache bei der Party. Weil du ihn an deiner Schulter sich hast ausheulen lassen – über sie, antwortete Anthony sich selbst. *Vielleicht weil du nicht herumposaunst, dass Rae durchgeknallt ist. Vielleicht weil du, wie Marcus glaubt, noch nie mit ihr gesprochen hast.*

„Klar", antwortete Anthony.

„Gut. Also, wie findest du das?" Marcus öffnete die Schachtel und Anthony sah auf ein schmales goldenes Armband,

das über und über mit Diamanten besetzt war. Oder zumindest sahen diese Steine wie Diamanten aus.
„Sind die etwa echt?", entfuhr es Anthony.
Marcus lachte. „Nein. Natürlich versuche ich Rae mit einer Fälschung zurückzugewinnen." Sein Grinsen verschwand. „Meinst du, es gefällt ihr?"
„Ja", antwortete Anthony und dachte, dass Marcus und er auch von verschiedenen Planeten stammen müssten. „Wie könnte ihr so etwas nicht gefallen?"
„Stimmt. Aber bei Rae weiß ich in letzter Zeit einfach nicht mehr, womit ich rechnen soll. Früher war ich alles, was sie wollte. Ich weiß noch, wie sie mich angesehen hat, bevor wir zusammen waren. Sie ist total auf mich abgefahren. So geht es 'ner Menge Mädchen ..." Marcus schüttelte den Kopf. „Ich muss mich wie der letzte Idiot anhören. Aber du wirst schon sehen. Jetzt, wo du zur Mannschaft gehörst, werden die Mädchen alles tun, um dich auf sich aufmerksam zu machen."
Klar doch, dachte Anthony. *Rae werde ich sozusagen gar nicht mehr los.*
„Jedenfalls wollte Rae mit mir zusammen sein. Das war mir klar. Darum musste ich sie dann eigentlich nur anlächeln, und das war's", sagte Marcus. „Kurz vor ihrem ... äh ... Zusammenbruch, waren wir schon drauf und dran, es zu tun, und ..."
„Aber jetzt?", fiel Anthony ihm ins Wort. Er fürchtete kotzen zu müssen, wenn er noch mehr hörte. Er mochte

Marcus. Und er fand auch, dass Marcus genau der Typ war, mit dem Rae zusammen sein sollte. Sollte Marcus ihr doch seine blöden Diamanten schenken, zum Teufel! Aber er wollte und konnte sich nicht mehr Einzelheiten anhören.

„Aber wenn sie mich jetzt ansieht, habe ich immer den Eindruck, dass sie irgendetwas herauszufinden versucht", antwortete Marcus. „Ob ich sie wohl noch mal sitzen lassen würde, oder so. Zwischendurch haben wir mal ein paar Momente gehabt, wo es mir fast wie früher vorkam. Nein, stimmt nicht. Wo es mir vorkam, als könnte es vielleicht noch mal so werden wie früher." Marcus klappte die Schachtel zu und steckte sie zurück in seine Tasche. „Ich höre mich wahrscheinlich ziemlich bescheuert an, was?", fragte er und klang dabei ziemlich resigniert.

„Kann man so sagen. Ich hatte schon vor, dich darauf anzusprechen", witzelte Anthony. Er war froh, das Armband nicht mehr sehen zu müssen.

„Es ist auch verrückt", platzte Marcus heraus. „Warum kümmere ich mich überhaupt noch um sie? Es gibt haufenweise Mädchen, die mir eindeutige Blicke zuwerfen. Ich müsste nur mit den Fingern schnippen ..." Er schüttelte den Kopf. „Aber es wäre eben nicht dasselbe."

Marcus sah Anthony an und wartete offenbar auf einen Rat. Bei der Party wäre es egal gewesen, was er gesagt hätte, weil Marcus sternhagelvoll gewesen war. Aber jetzt schien es, dass Marcus eine vernünftige Antwort wollte.

„Weißt du, ich bin nicht gerade ein Exp...“, begann Anthony, dann sah er, dass Sanders und McHugh auf sie zu gestapft kamen.
„Jungs, habt ihr das schon gehört?“, japste McHugh, als er neben Marcus stehen blieb. Er wartete die Antwort der beiden nicht ab. „Jackie ist bewusstlos in der Mädchen-Umkleide gefunden worden.“
„Man nimmt an, dass sie eine ganze Schachtel Schlaftabletten eingeworfen hat“, fügte Sanders hinzu.
Entfernt hörte man das Heulen einer Sirene. Mit jeder Sekunde wurde es lauter. *Die Ambulanz, für Jackie,* schoss es Anthony durch den Kopf. Und ihm wurde eiskalt.

„Die von Ihnen gewählte Nummer wurde abgemeldet. Es besteht kein neuer Anschluss. Für den Fall, dass Sie diese Nummer versehentlich angewählt haben, legen Sie bitte auf und wählen erneut.“
Rae legte langsam auf. Aber sie versuchte es nicht noch mal. Sie hatte es schon dreimal versucht, in der Hoffnung, dass ihre Finger einfach immer daneben gedrückt und falsch gewählt hätten. Mit einem Kreuz strich sie den Namen Shelly Baroni von der Liste, die sie sich an jenem Abend bei Mandy notiert hatte.
Die Liste wird schon ziemlich unleserlich, dachte sie. Ein Lip-Liner war eben nicht für Papier geeignet. Auch wenn er bei einem Bild eine ganz interessante Ergänzung darstellen konnte. *Ich werde die Liste noch mal abschreiben,* entschied

sie. Sie griff sich ihren Skizzenblock vom Schreibtisch und nahm, ohne zu überlegen, einen Kalligraphie-Stift aus ihrem Monet-Mäppchen, worin sie ihre Schreibutensilien aufbewahrte.

Du schindest Zeit, sagte sie sich, als sie die Namen abzuschreiben begann und mit Schnörkeln und Ornamenten verzierte. Trotzdem schrieb sie nicht normal. Sie wollte ja Zeit schinden. Sie hatte bislang versucht, fünf Leute von der Liste ausfindig zu machen. Ohne Erfolg. Nichts außer abgemeldeten Anschlüssen oder neuen Inhabern der Nummern, die noch nie von der Person gehört hatten, nach der sie suchte. Und – ach ja – zwei Leute, die überhaupt nicht in Atlanta zu finden waren.

Es ist fast zwanzig Jahre her. Die Leute ziehen ab und zu um. Sie heiraten. Sie lassen sich scheiden. Sie ...

Sie sterben.

Wie Raes Mutter. Wie Mandys Mutter. Wie Erika Keaton. Wenn alle, die auf der Liste standen, tot waren? Wenn das der Grund war, warum sie niemanden von der Liste ausfindig machen konnte?

„Hallo, du bist hier nicht bei *Scream VII* oder so", murmelte sie. Okay, abgesehen von der Tatsache, dass jemand versucht hatte, sie zu töten. Und der Tatsache, dass ihr jemand die Asche von Erika Keaton geschickt hatte. Das war tatsächlich wie in einem Horrorfilm gewesen.

Raes Hand zitterte, als sie den nächsten Namen schreiben wollte, und Tinte tropfte auf das Papier. Sie trennte die Sei-

te aus ihrem Skizzenblock, riss sie in zwei Hälften und dann noch mal durch und noch mal.
Dann erstarrte sie. Ein eisiger Schauer überzog sie. Er ging von dem großen tauben Fleck aus, der sich am Ende ihres Rückgrates gebildet hatte, nachdem sie gestern Fingerspitzenkontakt mit Aiden gehabt hatte. Sie hörte ein Auto in der Einfahrt. Und ihr Vater sollte frühestens in einer Stunde nach Hause kommen! Rae lief zum Fenster und spähte vorsichtig hinaus. „Anthony“, seufzte sie erleichtert, als sie den Hyundai in der Einfahrt erkannte.
Ohne sich die Mühe zu machen, den Papierkorb zu holen, ließ sie die Papierschnipsel wie Konfetti auf den Boden fallen. Dann ging sie zur Tür. Gott, wie froh sie war, dass er kam! Ja, sie war sauer auf ihn gewesen. Aber selbst wenn er jetzt nur davon sprach, wie toll er beim Footballtraining gewesen war, würde er wenigstens mit ihr hier im Haus sein. Sie musste nicht mehr allein sein. Und sie würde sich sicher fühlen. Das tat sie immer, wenn Anthony in der Nähe war.
Als Anthony gerade klingeln wollte, öffnete Rae schon die Tür. Er stand mit erhobener Hand vor ihr und sah sie erstaunt an.
„Hast du jemand anderen erwartet?“, fragte Rae.
„Nein, ich wollte dich sehen“, sagte Anthony schnell. „Ich muss dir von Jackie erzählen.“
Jackie! Schon wieder Jackie? Rae war gewillt gewesen, sich ruhmreiche Footballgeschichten anzuhören oder wie nervig Anthonys Geschwister waren oder was auch immer.

Aber als er Jackie erwähnte, hätte sie schreien können. Wie konnte er sich Sorgen um Jackie machen, wo er doch wusste, dass Rae praktisch permanent in Gefahr war. „Was ist mit ihr?", zischte sie.
„Sie ist im Krankenhaus", antwortete Anthony. „Sie hat eine Überdosis Schlaftabletten genommen."
Rae schloss die Augen. *Ich bin die selbstsüchtigste Person des ganzen Universums,* dachte sie. *Ich wusste doch, dass mit Jackie irgendwas nicht stimmte. Und ich habe mir nur Sorgen darum gemacht, wie sie sich mir gegenüber verhalten würde, anstatt zumindest mal zu versuchen mit ihr zu reden. Und außerdem war ich noch zu sauer auf Anthony. Um mal ganz ehrlich zu sein.*
„Ich dachte, du könntest vielleicht ...", begann Anthony.
„Lass mich nur schnell meine Jacke holen", antwortete Rae.

Anthony versuchte sich auf die Straße zu konzentrieren. Aber er konnte es sich nicht verkneifen, immer wieder kurz zu Rae hinüberzusehen. Sie waren schon oft zusammen Auto gefahren, ohne ein Wort zu sprechen. Aber diesmal war es anders. Es kam Anthony vor, als würde sein Hals austrocknen, als würde er schon bald nicht mehr in der Lage sein zu sprechen, selbst wenn er wollte. Mann, wie hatte es zwischen ihm und Rae nur so weit kommen können?
Ja, wie denn? Mal der Reihe nach: Du bist auf ihre Schule gekommen und plötzlich konnte sie, aus was für bizarren

Gründen auch immer, deine Anwesenheit nicht mehr ertragen. Rae räusperte sich. Hatte sie vielleicht auch dieses raue, trockene Gefühl im Hals? Anthony kurbelte das Fenster herunter. Vielleicht brauchten sie nur ein bisschen frische Luft.

Rae räusperte sich noch mal. „Nachdem wir gestern miteinander gesprochen hatten, habe ich mal kurz über ein paar Sachen von Jackie gefühlt", sagte sie. Sie verschränkte die Hände fest ineinander. „Ich hätte eigentlich gleich in diesem Moment etwas unternehmen sollen. Ihre Gedanken drehten sich alle darum, dass sich niemand für sie interessierte. Und um Geheimnisse und Dinge, die sie nicht erwähnen darf." Rae ließ ihren Kopf gegen den Sitz sinken. „Sie hätte genauso gut denken können: ‚Morgen begehe ich Selbstmord.'"

„Nein. Wenn es so deutlich gewesen wäre, hättest du ja etwas unternommen. Ich kenne dich doch." Anthony berührte sie kurz am Arm, so kurz, dass er nicht wusste, ob sie es überhaupt gespürt hatte.

„Danke", sagte sie leise, während sie auf den Krankenhausparkplatz fuhren. „Vielleicht können wir uns ja jetzt noch irgendwie nützlich machen."

Anthony fuhr in eine Parklücke. Sie stiegen aus und gingen zum Gebäude. „Dann, äh, seid ihr, Jackie und du ... ihr seid euch also näher gekommen?", fragte Rae.

„Sie hält mich für eine Flasche", antwortete Anthony.

„Aber warum ...?", begann Rae.

„Aus demselben Grund wie du", antwortete Anthony. „Weil sich sonst keiner um sie kümmert."
„Ich hasse den Geruch von Krankenhäusern", knurrte Rae, als sich die automatische Tür öffnete und sie eintraten.
„Riecht so ähnlich wie in Oakvale", stellte Anthony fest.
„Stimmt", sagte Rae. „Die benutzen alle den gleichen Industriereiniger. Allein bei dem Geruch schlägt mein Herz schon schneller."
Hier zu sein, wühlt eine Menge unangenehme Erinnerungen in ihr auf, schoss es Anthony durch den Kopf. Aus dem Bauch heraus hätte er seinen Arm um Rae legen und sie an sich ziehen wollen. Aber das war nicht ihre Abmachung. War es tatsächlich nie gewesen. Außer dass sie in ein paar ihrer etwas extremeren Augenblicke ...
Jackie! Konzentrier dich auf Jackie! Anthony riss sich am Riemen. *Darum sind wir hier!* Er steuerte auf den Empfangstresen zu. „Wir möchten gern zu Jackie Kane. Sie muss vor ein paar Stunden hier eingeliefert worden sein." Der Mann hinter dem Schalter tippte auf seiner Computertastatur herum. „Vierte Etage. Raum 4010. Sie darf Besuch bekommen, aber nicht länger als zwanzig Minuten."
„Wir werden auch nicht länger bleiben", versprach Rae. „Wir wollen nur sehen, wie es ihr geht." Sie ging voraus zum Aufzug, und sie fuhren schweigend hinauf.
Anthony wünschte, dass ihm etwas einfiele, was er sagen

konnte – sein Hals begann schon wieder auszutrocknen –, aber was er Rae Voight eigentlich hätte sagen wollen, war viel zu kompliziert, um es jetzt zu erörtern.

„Hier entlang", sagte Rae, als sich die Aufzugtüren öffneten. Sie deutete auf ein Schild an der Wand, auf dem für die Zimmer 4000 bis 4020 ein Pfeil nach links zeigte. Einen Augenblick später standen sie vor Jackies Zimmer. Die Tür war einen Spaltbreit geöffnet.

„Sollen wir einfach, äh, hineingehen?", fragte Anthony. Er fuhr sich mit den Fingern durch die Haare. Seine Kopfhaut juckte plötzlich.

„Äh, ich ..." Rae klopfte vorsichtig an die Tür. „Jackie?", rief sie leise. Keine Antwort.

Anthony gab der Tür einen leichten Schubs. Seine Augen fielen sofort auf das Bett. Dort lag Jackie, blass und still. Die Wände waren leuchtend gelb. So leuchtend, dass ihr Gesicht im Kontrast noch bleicher wirkte.

„Ich will sie nicht aufwecken", flüsterte Rae.

„Ich glaube gar nicht ... Meinst du denn, sie ist bei Bewusstsein?", fragte Anthony.

Rae stieß gepresst den Atem aus. Dann trat sie an das Fußende des Bettes und betrachtete Jackie eingehend. „Du hast Recht. Sie ist nicht bei Bewusstsein." Dann schlug sie Jackies Krankenakte auf und strich mit den Fingern über die Eintragungen des Arztes. „Jedenfalls meinen sie, dass sie gute Chancen hat", sagte sie und sah wieder zu Anthony.

„Sofern sie nicht in dem Moment, wo sie entlassen wird, eine neue Dummheit begeht", murmelte Anthony. Er hätte sie am Abend jener Party an die Leine nehmen und nicht mehr loslassen dürfen. Sein Gefühl hatte ihm gesagt, dass sie sich selbst zerstören würde. Und er hatte nur das Minimalste von dem getan, was er hätte tun sollen.

„Mal sehen, ob ich noch etwas herausfinden kann. Wenn wir wissen, warum sie das getan hat, ist das der erste Schritt, sie davon abzuhalten, es wieder zu tun", sagte Rae.

Während sie mit den Händen über die Gitter des Bettes zu streichen begann, sah Anthony ihr aufmerksam zu. Gefühle, von denen er wusste, dass sie nicht ihre eigenen waren, flackerten über ihr Gesicht – Überlegenheit, Angst, Ärger, Liebe, Frustration, Ungeduld.

Rae zog ihre Finger vorsichtig zurück.

„Etwas gefunden?", fragte Anthony.

Sie bog ihren Kopf von einer Seite zur anderen, dehnte ihre Halsmuskeln. „Nur wenig", antwortete sie. „Das meiste von ihren Eltern, nehme ich an. Sie haben sich Sorgen um sie gemacht ..."

„Aber ...", half Anthony weiter.

„Aber es gab sehr viele Gedanken an Phillip", sagte Rae. Sie setzte sich auf den Plastikstuhl neben Jackies Bett. „Das ist Jackies älterer Bruder. Ich habe Sachen aufgenommen wie: ‚Haben wir mit Phillip denn nicht schon genug am Hals?'"

„Was ist denn mit ihm?“, fragte Anthony und schob eine der Infusionsflaschen von seinem Kopf weg.
„Ich bin ihm nur einmal begegnet, als ich bei Jackie war. Sonst nie. Er geht auf ein Internat“, sagte Rae.
„Warum denn? Kamen seine Eltern nicht mit ihm zurecht?“, fragte Anthony.
„Davon war keine Rede“, antwortete Rae. „Nach dem, was Jackie gesagt hat, hatte Phillip sich vorgenommen, nach Yale zu gehen. Das ist die anspruchsvollste Uni überhaupt. Ich bin davon ausgegangen, dass er auf eine absolut elitäre Privatschule geht, um das auf die Reihe zu bringen.“
„Auf die Reihe bringen“, wiederholte Anthony. „Klar doch. Und auf der Sanderson geht das wohl nicht?“
„Doch, auch“, antwortete Rae. „Aber du weißt doch, dass es noch bessere Schulen gibt.“ Sie wandte sich von ihm ab und betrachtete Jackie. „Sie wäre sicher nicht glücklich darüber, dass man sie ohne Make-up sieht.“
„Noch mal zurück zu Phillip. Es hört sich nicht so an, als sei er der Auslöser, der Jackie zu dem Schritt getrieben hat“, sagte Anthony.
Rae runzelte die Stirn. „Abgesehen davon, dass ich all dieses Zeug über Geheimnisse von Jackies Skizzenbuch mitbekommen habe. Wenn mit Phillip etwas nicht stimmt, dann muss es etwas sein, wovon die Kanes auf keinen Fall wollen, dass es sich herumspricht. Es gibt da politische Hoffnungen ...“ Rae fasste nach Jackies schlaffer Hand.

„Mal sehen, ob ich über Fingerspitzenkontakt etwas herausfinden kann."
Vorsichtig legte sie ihre Fingerspitzen auf die von Jackie. Dann kippte Raes Kopf nach hinten. Ihre Augen schlossen sich, und im gleichen Moment fiel sie zu Boden.

Kapitel Zehn

Rae versuchte die Augen aufzuschlagen, aber es gelang ihr nicht. Sie wusste, wenn sie die Augen öffnen könnte, würde sie sie abwehren können. Aber sie konnte nicht. Und sie kamen, um sie zu holen. Sie bewegten sich leise, flüsterten und raschelten, aber laut genug, um ihr Näherkommen anzukündigen. Vielleicht gelang es ihr, mit dem Finger ihr Augenlid hinaufzuziehen. Nur einen Spaltbreit, dann würden sie verschwinden.

Aber sie konnte ihre Arme nicht bewegen. Sie reichte mit den Händen nicht nah genug an ihr Gesicht heran. Und sie kamen. Sie kamen!

Jetzt waren sie da.

Rae hätte geschrien – sofern sie ihre Lippen hätte öffnen können, wenn sie hätte einatmen können. Stattdessen musste sie abwarten, still, bewegungslos, kraftlos, während sich die ... die ... Kreaturen – ohne sie zu sehen, wusste sie doch, dass sie nicht menschlich waren – um sie herum versammelten, näher und näher rückten, bis sie sich wie eine zweite Haut um ihren Körper legten und sie den säuerlichen Atem riechen konnte, den sie ausatmeten; den Atem, den einzuatmen sie gezwungen war.

„Was wollt ihr?", schrie sie. Nein. Versuchte sie zu schreien. Der Klang entstand nur in ihrem Kopf.

Ihre Hände – sind das überhaupt Hände?, dachte Rae. Sie spürte irgendwelche Finger, aber die waren grob und rau. Mit einem Mal fassten ihre Hände, oder was auch immer, sie an und hoben sie in die Höhe.

Mach die Augen auf, schrie sie, und die Worte echoten in ihrem Kopf. Ihre Augenlider schienen aus Stein zu sein.

„Rae", rief eine entfernte Stimme. Sie kannte die Stimme von irgendwoher. Von irgendwoher, vor langer, langer Zeit.

Die Stimme rief noch mal: „Rae!"

Anthony, dachte sie. *Das ist Anthony.*

Wenn sie ihm antwortete, würde er kommen, egal, wohin sie sie bringen würden. Aber ihre Zunge war ebenfalls versteinert. Wie ihre Lippen. Und das Innere ihres Halses.

„Rae ..."

Anthonys Stimme entfernte sich. Sie wusste, dass er ihr etwas zu sagen versuchte, etwas Wichtiges. Etwas, das sie brauchte, um sich zu retten. Aber die Kreaturen rannten, trugen sie von ihm weg, und seine Anweisungen klangen nur noch als wirre Laute ohne Bedeutung zu ihr.

Die Kreaturen rannten schneller, Rae fühlte sich von Dutzenden von Händen getragen – wenn es denn Hände waren. An der Art und Weise, wie ihr Körper sich neigte, konnte sie erkennen, dass sie bergauf liefen. Dann blieben die Kreaturen ruckartig stehen. Rae wurde über eine Reihe von Händen weitergereicht und dann weggeschleudert. Und sie fiel. Endlos.

Ihr Körper zuckte zusammen, ihre Augen öffneten sich. Anthonys Gesicht war das Erste, was sie sah. „Wa-, wo?", murmelte sie.

„Wir sind im Krankenhaus", antwortete Anthony. „In Jackies Zimmer. Erinnerst du dich?"

Speichel sammelte sich in Raes Mund, und sie schluckte. Diese einfache Reflexbewegung tat unendlich gut. Ihr Körper gehörte wieder ihr. Sie versuchte sich aufzusetzen, merkte dann aber, dass sie auf dem Boden lag und Anthony seine Arme um sie geschlungen hatte.

Er verstärkte seinen Griff. „Bleib noch einen Moment liegen", riet er. „Du bist ... ich weiß auch nicht was. Es war keine Ohnmacht, aber ..."

„Da waren Monster", murmelte Rae. Die Worte kamen undeutlich hervor, weil ihre Zunge und ihre Lippen irgendwie die Koordination verloren hatten. Sie bewegte ihren Kiefer hin und her, dehnte ihre Lippen und zog sie zusammen, rollte ihre Zunge und versuchte es dann noch mal. „Monster", wiederholte sie, jetzt wesentlich deutlicher.

„Monster, ach ja?" Anthony strich ihr das Haar aus der Stirn. Ihr verschwitztes Haar. Wie ekelhaft. Sie wollte nicht, dass er sie in diesem Zustand berührte. „Und was haben die Monster getan?"

Als er das Wort „Monster" aussprach, fiel Rae auf, wie

lächerlich es klang. Sie sah sich um. Das sterile Krankenhauszimmer und Jackies Bett fielen ihr ins Auge. Dass sie Fingerspitzenkontakt mit Jackie gehabt hatte, war das Letzte, woran sie sich erinnern konnte.

„Vielleicht, weil Jackie bewusstlos ist", murmelte sie, als sie langsam wieder klar wurde. „Habe ich vielleicht Kontakt mit ihrer Bewusstlosigkeit aufgenommen? Aber das hätte nichts mit Monstern zu tun gehabt. Vielleicht hat sie geträumt, und ich bin in den Traum geraten. Oder ..."

„Kannst du mal einen Augenblick still sein?", fragte Anthony. Seine Stimme klang sanft. „Sei einfach still und halt dich ruhig, bis du sicher bist, dass alles okay ist."

Rae sah Anthony an und versuchte seinen Anweisungen zu folgen. Aber nachdem sie nun zu plappern aufgehört hatte, wurde ihr umso bewusster, wie nah sich ihre Körper waren. Ihr Kopf ruhte auf seinem Schenkel, und sogar durch seine Jeans hindurch konnte sie die Wärme seiner Haut auf ihrer Wange spüren. Seine Arme umfassten sie wie ein weiteres Paar Rippen, wie ein Teil ihres eigenen Körpers. Und sie konnte seinen Atem in ihren Haaren spüren. Vielleicht atmete sie sogar ein wenig der Luft ein, die er ausatmete. Rae sprang auf die Beine, irritiert von der unerwarteten Nähe. Sie strauchelte ein wenig, weil ihr so schwindelig war.

„Bist du sicher, dass du schon wieder gehen kannst?" Anthony stand neben ihr und sah sie an. „Du siehst ganz schön wackelig aus." Er nahm die Wasserkaraffe vom

Tisch neben Jackies Bett, goss einen Becher voll ein und drückte ihn Rae in die Hand.

/MUSS ETWAS TUN/IST SOWEIT IN ORDNUNG/WASSER/BLASS/

Anthonys Angst vermischte sich mit der Angst, die bei Rae bereits abklang, und seine Erleichterung traf mit ihrer eigenen zusammen. Obwohl ihr eigentlich gar nicht danach war, nahm sie einen Schluck Wasser, weil es ihm dann besser ging. Sie konnte sich nicht gegen ein eigenartiges Déjà-vu-Gefühl wehren, als ihr der Moment nach der Rohrbombe im Oakvale-Institut einfiel, wo sie dieselben Gedanken auf einem Becher mit Wasser gelesen hatte, den Anthony ihr reichte. Irgendwie war er immer da, wenn sie ihn am meisten brauchte. Er musste sie sogar aufgefangen haben, als sie ohnmächtig geworden war. Sonst hätte sie jetzt sicher ziemliche Kopfschmerzen.

„Tut mir Leid, dass ich dich da hineingetrieben habe“, sagte Anthony. „Ich wusste nicht ...“

„Schon gut“, fiel Rae ihm ins Wort. „Das ist genau das, was ich tun sollte, mit meiner ... was auch immer. Mein Gott, wenn ich etwas unternommen hätte, nachdem ich in der Schule über die Sachen gefühlt habe, wäre Jackie jetzt wahrscheinlich nicht mal im Krankenhaus. Ich hätte ...“

„Nur weil du diese Sache hast, diese Gabe“, schnitt Anthony ihr das Wort ab, „heißt das nicht, dass du die Verantwortung für die ganze Welt übernehmen musst.“

Rae lächelte. „Oh, stimmt ja. Das habe ich vergessen. Das ist ja deine Aufgabe.“

Anthony sah hinüber zu Jackie. Rae folgte seinem Blick. „Lass uns morgen wiederkommen", sagte sie. „Ich werde nichts von ihr bekommen, das irgendwie nützlich sein könnte. Nicht bevor sie nicht wieder bei Bewusstsein ist."
Und bis ich aufgehört habe zu zittern, dachte Rae, wobei sie Anthony auf keinen Fall wissen lassen durfte, wie sehr sie die Berührung mit Jackie mitgenommen hatte. Und ihr selbst war auch nicht danach, allzu viel daran denken zu müssen.

Das Telefon klingelte. Lauter als üblich. Und schriller. Rae drehte sich in ihrem Bett um und griff nach dem Hörer, wobei sie die alten Gedanken, die ihr Hirn durchströmten, ignorierte. *Wer ruft denn mitten in der Nacht an?,* überlegte sie, während sie sich verschlafen meldete. Dann merkte sie, dass Sonnenlicht durch ihre Fenster fiel. Es war schon Samstagmorgen. Offensichtlich hatte der gestrige Tag sie mehr mitgenommen, als sie gedacht hatte.
„Hallo", sagte Rae noch einmal, als ihr schläfriges Hirn langsam realisierte, dass niemand antwortete.
„Rae? Ich rufe im Namen von Aiden Matthews an."
Rae setzte sich auf. Das Herz hämmerte in ihrer Brust. Es war die Stimme einer Frau. Warum rief diese Frau für Aiden an?
„Du hast Aiden ...", wollte die gerade fortfahren.
„Ich habe ihn im Wilton Center kennen gelernt. Ich erinnere mich", fiel Rae ein.

„Ja. Du hattest einige Fragen. Er wollte sie beantworten. Aber er konnte nicht. Nicht dort."

„Kann er sie jetzt beantworten?", fragte Rae, und ihre Stimme klang quietschend und unnatürlich.

„Aiden würde dich gern unter vier Augen sprechen", antwortete sie. „Er wollte dich noch nicht mal anrufen. Darum habe ich es für ihn übernommen. Er erwartet dich im Motel 6 am Sherman-Highway. Zimmer 212. Niemand wird dich dort sehen."

Bevor Rae noch eine Frage stellen konnte, erklang das Freizeichen in der Leitung.

Heute könnte es so weit sein!, dachte sie, als sie auflegte. *Heute könnte ich alles herausfinden.*

Allerdings könnte Aiden, unser guter Freund Aiden, der etwa eine halbe Minute lang mit uns gesprochen hat, auch etwas ganz anderes im Sinn haben, warnte sie eine leise Stimme in ihrem Kopf. *Schließlich war von einem Motel die Rede.* Und selbst wenn es eine Frau war, die angerufen hatte – vielleicht war sie mit von der Partie? Rae hatte schon von solchen seltsamen Paaren gehört.

Rae griff nach dem Telefon, empfing wieder ihre alten Gedanken, und wählte Yanas Kurzwahl. „Samstag nehme ich bis mittags keine Telefonate entgegen", knurrte Yana, als sie abhob.

„Gerade hat mich eine Frau angerufen. Im Auftrag von Aiden Matthews, wie sie sagte", erklärte Rae. „Er will ein Treffen. Er ..."

„Ich hole dich ab. Ich bin gleich da", antwortete Yana, dann knallte sie den Hörer auf.

Klamotten. Ich muss mich anziehen, dachte Rae. Sie stand auf und musste sich an ihrem Nachttisch festhalten, um nicht auf dem Boden zu landen. Ihr rechter Fuß – war taub. Komplett. Von den Zehen bis zur Ferse.

„So schlimm war es bisher noch nie", flüsterte Rae, und jeder Muskel in ihrem Körper spannte sich an. *Vielleicht liegt es daran, dass Jackie bewusstlos war,* dachte sie. *Oder vielleicht ... vielleicht verschlimmert es sich, was auch immer es ist.*

Stopp, befahl Rae sich. *Wart erst mal ab, was Aiden dir zu sagen hat. Er weiß vielleicht genau, was los ist. Er könnte sogar eine Therapie kennen.*

Sie sah auf ihre Füße und ging zum Schrank. Wenn sie ihren rechten Fuß im Auge behielt, schien er zu funktionieren. Auch wenn sie kein Gefühl darin hatte.

Rae nahm den nächstbesten Pulli und die Hose heraus, die sie gerade in die Finger bekam und zog sie an. Ohne Socken schlüpfte sie in ihre Turnschuhe und stürzte aus dem Zimmer. Dabei sah sie immer noch auf ihren rechten Fuß, damit er sich bewegte.

Im Flur versuchte sie den Kopf zu heben und weiterzugehen, und es funktionierte auch halbwegs. *Siehst du, es geht dir ganz gut,* beruhigte sie sich selbst. „Dad, ich bin mit Yana unterwegs", rief sie.

„Gut. Viel Spaß", rief er aus dem Bad. Rae wusste, dass er

dort mindestens eine Stunde lang bleiben würde. Er kam nie heraus, bis er das Kreuzworträtsel gelöst hatte – mit rotem Kuli – und sich selbst eine Note gegeben hatte, darauf basierend, wie viele Kästchen er verkrakelt hatte.

Sie wollte schon in die Küche schwenken, beschloss dann aber, dass sie wahrscheinlich alles wieder ausspucken musste, wenn sie jetzt etwas aß. Ihr Magen schien sich einzubilden, er säße in einer Achterbahn.

Hoffentlich erklärt Aiden uns die Sache mit den Experimenten, dachte Rae, während sie das Haus verließ. Seitdem sie dieses Wort – *Experimente* – aus seinen Gedanken gezogen hatte, tauchte es immer wieder in ihrem Kopf auf.

Waren an ihrer Mutter und den anderen Gruppenmitgliedern Experimente durchgeführt worden? Das würde ihre erste Frage sein. Rae stand auf der Straße und sah in die Richtung, aus der Yana kommen musste. Nichts zu sehen.

Natürlich nicht, dachte Rae. *Von ihr zu mir braucht man mindestens zwanzig Minuten. Okay, so wie Yana fährt vielleicht zwölf. Und sie muss sich auch noch anziehen und so weiter.*

Ich zähle bis tausend, sagte sie sich. *Bis ich fertig bin, ist sie da.*

Seitdem sie ein Kind gewesen war, hatte Rae das Bis-tausend-Zählen nicht mehr gemacht. Aber es hatte ihr damals durch einige endlose Wartezeiten geholfen – wie zum Beispiel am Weihnachtsmorgen, die Stunden zwischen ihrem eigenen Erwachen und dem Zeitpunkt, wann sie ihren Vater wecken konnte.

„Eins Mississippi, zwei Mississippi, drei Mississippi", begann sie.
Bei sechs Mississippi hörte sie Reifen quietschen. Einen Augenblick später schleuderte Yanas gelber Käfer um die Ecke. Drei Sekunden später saß Rae auf dem Beifahrersitz.
„Zum Motel 6 am Sherman-Highway", sagte sie.
Eine Sekunde später rasten sie los.
„Jetzt haben wir endlich mal eine richtige Engel-für-Charlie-Aufgabe", sagte Yana grinsend. „Nicht nur so was wie alte Jahrbücher angucken. Oder mit traurigen kleinen Mädchen reden. Einen geheimnisvollen Mann in einem Motel treffen – das ist mehr nach meinem Geschmack." Yana schüttelte ihr kurzes Haar. „Ich möchte der Drew-Barrymore-Engel sein. Die war nämlich am coolsten. Du kannst Lucy Liu sein. Weil sie die reiche, verwöhnte Privatschülerin gespielt hat."
„Ich bin nicht verwöhnt", protestierte Rae. Sie hätte gern noch hinzugefügt, dass ihr Pa und sie gar nicht so reich waren. Aber für Yana waren sie es eben, darum hielt sie den Mund.
„Dir ist ja wohl hoffentlich klar, dass er dort vielleicht nur auf dich wartet, um an dein frisches, junges Fleisch heranzukommen", warnte Yana.
„Daran habe ich durchaus schon gedacht", sagte Rae. „Ich bin ja nicht unterbelichtet. Und darum bist du ja hier."
„Wenn er sich danebenbenimmt, werden wir es ihm zeigen", antwortete Yana und klang fast, als hoffte sie darauf.

Sie begann eine kleine Melodie zu summen und hörte erst wieder auf, als sie auf den Parkplatz des Motels fuhren.

„Park das Auto in der Nähe der Treppe. Er wartet in Zimmer 212", sagte Rae.

Yana fand rasch eine Lücke, und sie stiegen aus. Unter unablässigem Haareschütteln und Bewegungen wie mit einer imaginären Pistole, lief Yana die Treppe hinauf. „Komm, Rae. Zeig, was du kannst."

Rae schüttelte nur kurz ihr Haar, dann stieg sie die Treppe hinauf und ging an Yana vorbei. Sie war viel zu gespannt auf das, was Aiden ihr zu sagen hatte, um herumzualbern und zu spielen.

Auf dem Flur holte Yana Rae wieder ein, und sie gingen zusammen über den verschossenen grünen Teppichboden. Als sie bei Zimmer 212 ankamen, war die Tür einen Spaltbreit geöffnet.

„Aiden?", rief Rae. „Ich bin's."

Keine Antwort.

„Hallo?" Rae stieß die Tür leicht auf.

Im selben Augenblick fasste sie eine Hand am Handgelenk und riss sie ins Zimmer. Sie bekam eine Augenbinde umgebunden.

„Wenn du schreist, bist du auf der Stelle tot", sagte eine raue Stimme.

Rae biss die Zähne zusammen, aber als ihr die Hände brutal gefesselt wurden, konnte sie ein hohes, lang gezogenes Wimmern nicht unterdrücken. Wer immer auch hier zugange war – war es Aiden? Seine Stimme hatte anders geklungen – trug Handschuhe, sodass sie keine Informationen erhalten konnte.

„Auf den Boden, Blondie", befahl eine andere Stimme aus dem hinteren Teil des Raumes.

Oh Gott, sie haben auch Yana!, dachte Rae. Die Hände mit den Handschuhen drückten sie auf ein Bett. Dann wurden ihre Füße gefesselt.

„Jetzt sei ein braves Mädchen und halt still. Wenn du nicht folgst, werden wir es mitbekommen."

Rae hörte, dass Schritte zur Tür gingen, sie öffneten und wieder schlossen. Sie erzitterte, als das Schloss von außen verriegelt wurde.

Kapitel Elf

Anthony fuhr in die Einfahrt, schaltete den Motor aus und stieg aus. Rae gehörte nicht zu den Mädchen, bei denen man einfach hupen konnte. Jedenfalls nicht vor ihrem Haus, wenn ihr Vater zu Hause war und so weiter. Anthony ging zur Haustür und klingelte. *Hoffentlich macht jetzt nicht ihr Vater auf*, dachte er. Der Typ war zwar ganz in Ordnung. Anthony mochte ihn sogar. Aber er war eben Professor, zum Teufel. Was sollte Anthony schon zu so jemandem sagen?

Die Tür wurde geöffnet, und vor Anthony stand – genau – Raes Vater. Er hatte ein Buch in der Hand und den Finger als Lesezeichen zwischen die Seiten gesteckt.

Am Wochenende lesen. Wenn das nicht gestört war ...

Mr Voight lächelte. „Hallo, Anthony“, sagte er.

„Hallo“, antwortete Anthony. Vielleicht sollte er erst noch ein bisschen Smalltalk machen, bevor er nach Rae fragte. „Äh, was lesen Sie denn da?“

„Den neuen Stephen King“, antwortete Mr Voight. „Die anderen Professoren in meiner Abteilung tun so, als würden sie ihn nicht kennen. Sogar Rae weiß nicht, dass ich King lese. Sie würde sicher sagen, wenn ich solchen Mist lese, müsste sie auch fernsehen dürfen. Aber mir gefällt sein Stil. Er ist so direkt. Man hat immer das Gefühl, als würden seine Erzähler richtig zu einem sprechen. Bist du auch ein Fan von ihm?"

„Nicht unbedingt", sagte Anthony, ohne zu erwähnen, dass er kein einziges Buch von dem Mann gelesen hatte. Obwohl er ein paar Filme gesehen hatte, die er zum Teil ganz gut gefunden hatte. *Vielleicht kann ich mich in ein paar Monaten mal an einen heranwagen,* dachte er zu seiner eigenen Überraschung. *Ich werde ja immer besser im Lesen.*

„Ich nehme an, du bist wegen Rae gekommen, und nicht um dich über Bücher zu unterhalten", witzelte Mr Voight. „Rae ist schon vor ein paar Stunden von Yana abgeholt worden, und ich weiß nicht, wann sie zurückkommen wollen. Aber wenn du willst, kannst du gern auf sie warten." Er deutete mit seinem Buch in das Innere des Hauses.

„Sie hat mir nicht zufällig eine Nachricht hinterlassen?", fragte Anthony. Er wusste die Antwort, bevor Mr Voight den Kopf schüttelte. Wenn Rae eine Nachricht hinterlassen hätte, hätte ihr Vater sie Anthony schon gegeben.

Aha. Super. Gestern hatte er noch gedacht, dass es zwischen ihm und Rae fast wieder so wie früher war. Aber jetzt versetzte Rae ihn schon wieder, nachdem sie sich gestern verabredet hatten, um Jackie zu besuchen. In diesem Moment merkte Anthony, dass Mr Voight immer noch in der Tür stand und ihn beobachtete. „Danke, aber ich muss dann gehen", sagte er. Er drehte sich um und ging eilig zurück zum Auto, stieg ein und knallte die Tür so heftig zu, dass der Hyundai wackelte.

Gut, dann gehe ich eben allein, dachte Anthony und fuhr rückwärts aus der Einfahrt auf die Straße. Bevor sie gestern das Krankenhaus verlassen hatten, hatten Rae und er mit einer Krankenschwester gesprochen, und sie war sich ziemlich sicher gewesen, dass Jackie heute wieder bei Bewusstsein sein würde. Was nicht dafür garantierte, dass sie sich freuen würde, ihn zu sehen. Er hätte jede größere Wette darauf abgeschlossen, dass er nicht auf der Liste ihrer Lieblingsbesucher stand. Noch nicht mal ganz am Ende.

Er verlangsamte das Tempo ein wenig, blieb etwa fünf Meilen unterhalb der Höchstgeschwindigkeit, und fuhr weiter Richtung Krankenhaus. *Wenn sie andere Leute dahat, dann ist es eben so und ich ziehe wieder ab,* dachte er. *Aber wenn sie allein ist ... wenn sie allein ist, gehe ich hinein und rede mit ihr. Wenigstens die fünf Sekunden, die sie braucht, um mich einen Idioten zu nennen und die Sicherheitskräfte zu rufen, um mich hinauswerfen zu lassen.*

Trotzdem er so langsam fuhr, kam Anthony irgendwann am Krankenhaus an. Er parkte so weit vom Eingang entfernt wie nur möglich, um sich noch ein paar Augenblicke allein zu gönnen. *Schlaffi!,* dachte er. Er stieg aus, warf die Autotür zu und ging zum Eingang. Als er zu den Aufzügen kam, stieß er auf ein Münztelefon.

Gut, Rae, dann lass doch mal hören, was du so Wichtiges zu

erledigen hast, dass du mich noch nicht mal anrufst. Wahrscheinlich ein dringender Einkaufsbummel, dachte er.
Yana schleppte Rae ständig zum Shopping. Wobei sich Rae noch kein einziges Mal bei ihm darüber beschwert hatte.
Anthony angelte eine Münze aus seiner vorderen Jeanstasche und wählte Raes Handynummer. Die Mailbox meldete sich.
„Rae, hier ist Anthony", sagte er. „Wir waren heute verabredet, falls du dich erinnerst. Ich war bei dir, aber du warst, wie du ja selbst weißt, nicht da ..." Er sah auf seine Uhr. „Falls du noch dazustoßen willst: Es ist jetzt Viertel nach zwei." Ohne sich zu verabschieden, legte er auf.
Sie wird nicht kommen, dachte er. *Sie wird ganz bestimmt nicht kommen. Wenn sie hätte kommen wollen, hätte sie nur zu Hause warten müssen, wie verabredet.* Er ging zum nächsten Aufzug und drückte so heftig auf den Knopf, dass ein Schmerz durch seinen Finger zuckte.
Genau, Fascinelli, mach dir nur die Hand kaputt, du Idiot, dachte er. *Wenn du nicht mehr fangen und werfen kannst, fliegst du nach dem nächsten Spiel von der Schule. Und das wäre gar nicht mal das Schlechteste.* Vielleicht hatte Jackie ja Recht.
Okay. Es reicht. Hier geht es jetzt nicht um dich, sagte er sich. *Es geht um ein Mädchen, das versucht hat, sich umzubringen.*
Die Aufzugtür ging auf, und eine Gruppe müde aussehender Leute kam heraus. Anthony stieg ein und drückte vorsichtig den Knopf für die vierte Etage. Als der Aufzug stoppte, bewegte er sich mechanisch vorwärts. Sein Hirn

war damit beschäftigt, all den Mist zu wiederholen, den Jackie bei ihrer letzten Begegnung gesagt hatte.
Armes Mädchen. Sie hat sich fast umgebracht. Der Rest ist unwichtig, dachte Anthony, als er vor der Tür stand und zögerte. Er konnte nichts hören, was auf Besucher hingewiesen hätte – kein Gespräch, kein Lachen, kein Weinen und keine Worte des Mitleids. Dann war er jetzt also dran. Anthony atmete tief durch und trat ein.
Jackie saß im Bett, gegen einen Berg von Kissen gelehnt, aber wenigstens bei Bewusstsein. Trotzdem sah sie immer noch halb tot aus.
„Hallo", sagte Anthony. Ihm war klar, dass er eine bessere Begrüßung hätte wählen können. Leider gab sein Hirn momentan nichts anderes her.
Jackie lächelte. Ein schmales, um die Mundwinkel zitterndes Lächeln.
Sie soll jetzt bitte nicht heulen, bat Anthony unhörbar.
„Hallo", sagte sie. Sie sah ihn kurz an, dann blickte sie schnell zur Seite. „Ich kann kaum glauben, dass du wirklich gekommen bist", sagte sie. Dabei sprach sie aber mehr zu ihrer Bettdecke als zu ihm.
Anthony setzte sich auf den Stuhl neben ihrem Bett. „Ja, ich ... ich wollte sehen, wie es dir geht."
„Es tut mir Leid, dass ich all diese Dinge zu dir gesagt habe", sagte Jackie und sah ihm wieder in die Augen. „Ich hatte es nicht so gemeint. Ich hab mich nur ..." Sie sprach nicht zu Ende.

„Geschämt?", schlug Anthony vor.
„Ja, in erster Linie", gab Jackie zu. „Also, äh, wie war's in der Schule?"
„Heute ist Samstag", erinnerte Anthony sie. „Da läuft nicht viel mit Schule, weil ... na ja, weißt du ja selbst." Er legte seinen Fuß auf sein Knie, in der Hoffnung, etwas bequemer zu sitzen. Aber es half nichts. „Soll ich dir etwas holen? Was zu trinken oder was Süßes oder so?"
Ich bin so ein Idiot, dachte er. *Ich hätte ihr etwas mitbringen sollen. Ins Krankenhaus bringt man immer etwas mit.*
„Nein, nicht nötig", antwortete Jackie. Sie sprach jetzt wieder mit ihrer Bettdecke.
„Tut mir Leid. Ich hätte was mitbringen sollen", meinte Anthony.
„Schon gut. Ich brauche nicht noch ein Stofftier." Jackie nahm eine kleine Plüschmaus von ihrem Nachttisch und warf sie ihm zu. „Alle kommen für eine Sekunde herein, werfen mir ein Plüschtier oder einen Blumenstrauß zu und hauen dann sofort wieder ab. Als ob ich ansteckend wäre. Ich hätte lieber jemand zum ... du weißt schon ... zum Reden."
Anthony stellte voller Erstaunen fest, dass Jackie eine Art gespaltene Persönlichkeit haben musste. Es gab eine Party-Jackie, die ihn geküsst hatte, bis er kaum noch stehen konnte; und die gemeine Jackie, die ihn fertig gemacht hatte; und jetzt ... Anthony wusste nicht, wie er diese Jackie nennen sollte.

„Was ist?“, fragte Jackie und hob eine Augenbraue.
„Nichts“, antwortete Anthony. „Also. Warum hast du es eigentlich getan?“, platzte er dann heraus. Er hatte nicht vorgehabt, es so zu sagen. Er dachte, er würde es eleganter machen können. Aber jetzt – Bums – war es heraus.
„Was ist denn mit dir los?“, zischte Jackie. „Ist das ein neuer Fetischismus? Du spielst den großen Helden – Ich nehme die Autoschlüssel an mich, junge Frau. Sie sind nicht in der Lage zu fahren und könnten sich Schaden zufügen –, dann gehst du nach Hause und holst dir einen runter?“
Anthony lachte. Und es war kein bisschen unecht. „Ich werde nicht gehen, bis du es mir gesagt hast“, sagte er und versuchte es sich auf dem Stuhl bequemer zu machen. „Also. Geht's um einen Typen?“
„Jetzt verstehe ich“, sagte Jackie. Sie knuffte in die Kissen hinter ihrem Rücken. „Wir haben uns einen Abend lang geküsst, und du bist hin und weg. Und jetzt denkst du, dass der einzige Grund, warum ich nicht völlig verrückt nach dir bin, ein anderer Typ sein muss.“
„Die Schule vielleicht?“, bohrte Anthony weiter. „Hast du was verbockt? Hast du Angst, dass du gehen musst ...“ Er senkte seine Stimme. „Vielleicht sogar auf eine öffentliche Schule.“
Jackie schnaubte. *Wenigstens sieht sie jetzt nicht mehr halb tot aus,* dachte Anthony. Ihre Wangen waren gerötet und ihre Augen funkelten. Weil sie sauer war, okay. Aber es war trotzdem eine Verbesserung.

„Oder die Börse?", schlug Anthony weiter vor. „Hast du ein schlechtes Jahr?"

„Was weißt du denn schon von der Börse?", entgegnete Jackie.

Okay, das müssen wir nicht weiter vertiefen, dachte Anthony. *Ich habe keine Lust mir noch mal die ganze Du-wirst-immer-die-Null-von-der-Fillmore-Highschool-bleiben-Rede anzuhören.* Rae hatte hier im Krankenzimmer doch etwas aufgenommen. Bloß was? Als Rae zusammengebrochen war, hatte er alles Übrige vergessen.

„Oh, es tut mir Leid. Habe ich vielleicht einen Nerv getroffen?", fragte Jackie. „Keine Angst. Ich glaube nicht, dass jemand von der Fillmore ..."

„Phillip", rief Anthony plötzlich, weil sein Hirn anfing, wiederzugeben, was Rae gesagt hatte. „Hat es mit Phillip zu tun?"

Verdammt. Oh, verdammt!, dachte er. Denn jetzt füllten sich Jackies Augen mit Tränen. Und einen Augenblick später zuckten ihre Schultern unter lautlosen Schluchzern.

Rae änderte vorsichtig ihre Position auf dem Motelbett. Sie versuchte ihre schmerzenden Glieder zu entspannen. Wer immer sie gefesselt hatte, er hatte gewusst, wie man das macht. Ein wenig mehr als die leiseste Bewegung, und die Stricke – nein, sie waren dünner, eher Schnüre – mit denen sie gefesselt war, schnitten fürchterlich ein.

Bleib ruhig, sagte sie sich. *Bleib ruhig, sonst hast du ... ja, was denn überhaupt? Sonst hast du keine Kraft mehr, wenn der Unbekannte, der dich gefangen hält, zurückkommt?* Raes Herz begann wild gegen ihre Rippen zu schlagen. Sie versuchte tief einzuatmen, aber es gelang ihr nicht. Ihre Handgelenkfesseln waren durch eine kurze Schnur, oder etwas Ähnliches, mit ihren Fußfesseln verbunden, sodass sie zusammengekauert sitzen musste. Sie konnte nur heftig und stoßweise atmen. Und diese Atemstöße kamen schneller und schneller, bis helle Punkte vor ihren Augen explodierten. *Oh, nein! Ich werde ohnmächtig werden!*

„Rae", rief Yana leise.

„Yana, du bist hier? Warum hast du vorhin nicht geantwortet?", rief Rae, und ihre Stimme zitterte mit jedem Wort stärker.

„Nicht so laut", warnte Yana. Ihre Stimme klang unterdrückt, aber es schwang eine Angst darin mit, die geradezu elektrisierend zu sein schien und Rae die Haare auf den Armen zu Berge stehen ließ. Yana hatte sonst nie Angst.

„Aber warum hast du denn nicht geantwortet?", wiederholte Rae und bemühte sich, ihre Stimme unter Kontrolle zu halten. „Bist du okay?"

„Ja, aber ich war ohnmächtig. Ich weiß nicht, wie lange", antwortete Yana.

„Haben sie dich etwa geschlagen?", entfuhr Rae.

„Was denkst du denn? Dass wir es hier mit einer Gruppe weichherziger Kuschelhasen zu tun haben?", entgegnete Yana. „Jedenfalls bin ich okay. Bis auf eine Beule am Kopf.

Also, ist mir etwas entgangen, während ich abwesend war? Gib mir mal eine kurze Rückblende."

„Jemand hat mich gefesselt und mir gesagt, ich solle mich ruhig verhalten, sonst würden sie es mitbekommen. Dann sind beide – ich denke, es waren nur zwei – gegangen", antwortete Rae. Mit Yana reden zu können, hatte ihr zu ein bisschen mehr Fassung verholfen. Jedenfalls war sie nicht mehr so kurzatmig.

„Dann wäre es wahrscheinlich keine gute Idee, sich jetzt die Lunge aus dem Hals zu schreien", sagte Yana.

„Vielleicht sind sie ja schon meilenweit weg", antwortete Rae. „Aber falls nicht ..."

„Eben", stimmte Yana zu. „Falls nicht, und sie sind zum Beispiel nur nebenan, wenn wir schreien, dann werden sie die Ersten sein, die zu uns kommen. Und mein Kopf ist für eine zweite Runde noch nicht fit genug."

„Vielleicht werden wir ja irgendwann vermisst. Ich habe meinem Vater zwar gesagt, dass ich mit dir unterwegs bin, aber wenn ich heute Abend nicht wieder nach Hause komme, wird er verrückt", sagte Rae, und ein salziger Klumpen ballte sich in ihrem Hals zusammen, als sie an ihren Vater dachte und daran, welche Sorgen er sich machen würde. Sie schluckte angestrengt, doch es half nicht viel. „Aber selbst wenn er die Polizei ruft, sie werden nie darauf kommen, hier nach uns zu suchen. Es sei denn – du hättest deinem Vater erzählt, wohin wir gefahren sind. Hast du?"

„Ich erzähle ihm nie etwas", antwortete Yana.

Rae konnte sich ihr verschlossenes Gesicht dazu bestens vorstellen.
„Und da sich im Gefrierschrank genügend Essen für die nächsten Tage befindet, wird er innerhalb der nächsten Tage wohl auch nicht bemerken, dass ich nicht da bin."
Rae war klar, dass sie etwas sagen müsste, um Yana zu trösten. Aber ihr fiel nichts ein. Sie hatte Yanas Vater noch nie kennen gelernt. Darum konnte sie auch nicht beurteilen, ob Yana vielleicht zu barsch war.
Stille breitete sich aus. Dreißig Sekunden lang. Eine Minute. Plötzlich hatte Rae das Gefühl, dass sich das Motelzimmer vergrößerte, dass sie, selbst wenn es ihr gelingen würde, die Augenbinde zu entfernen, die Wände nicht mehr sehen könnte. Sie würde ganz allein sein in einer endlosen Schwärze. Sogar Yana würde zu weit weg sein, um ihre Stimme zu hören.
„Yana?", rief Rae panisch.
„Was ist?", fragte Yana zurück.
„Nichts. Ich wollte nur ... ach, egal", antwortete Rae. „Lass uns weiterreden, ja?"
„Unser kleiner Ausflug zum Center muss irgendjemanden furchtbar nervös gemacht haben", sagte Yana. „Da läuft auf jeden Fall mehr als nur die Strickkränzchen. Oder wenigstens lief da mehr, als deine Mutter da war. Wir haben uns eine Viertelstunde dort aufgehalten, und am nächsten Tag ..."
Rae wurde steif. Schmerz schoss durch ihre Glieder, als sie

hörte, wie die Zimmertür geöffnet und mit einem Klicken wieder geschlossen wurde. „Da kommt jemand“, verkündete Rae für den Fall, dass Yana zu weit weg war, um es gehört zu haben.

„Stimmt“, antwortete eine männliche Stimme. Sie klang wirklich nicht nach Aiden. Diese Stimme war tiefer, schneidender. „Da kommt jemand. Und jemand anderer tut, was ihm gesagt wurde und hält besser die Klappe.“ Er wurde lauter. „Und du da im Bad: keinen Mucks!“

Das war nicht Aiden! Rae war sich so gut wie sicher. Trotzdem kam ihr die Stimme irgendwie bekannt vor. Kannte sie diesen Mann irgendwoher? Wer war er?

Raes Handfesseln wurden gelöst, schnell und fahrig. Irgendetwas wurde ihr in die Hand geschoben, aber sie ließ es sofort fallen.

„Das ist nicht gerade das, was ich unter Zusammenarbeit verstehe“, schimpfte der Mann.

„Die Fesseln waren zu eng“, protestierte Rae. „Meine Finger sind total taub. Sie können sie ja anfassen, wenn Sie mir nicht glauben. Sie sind eiskalt.“ Ihr Magen drehte sich um. Sie hatte den Mann tatsächlich eingeladen, sie anzufassen.

„Dann schüttle sie aus“, befahl er, und Rae fühlte etwas Kühles und Hartes, das ihr gegen den Hinterkopf gedrückt wurde.

Eine Pistole. Er bedrohte sie mit einer Pistole!

Rae gehorchte eilig. Sie schüttelte ihre Hände, wobei sie

das Gefühl hatte, dass jemand mit einem Tacker in ihre kalten Finger schoss. Langsam kehrten die Wärme und das Gefühl wieder in sie zurück, und der Mann drückte ihr noch mal den Gegenstand in die Hand. Diesmal konnte sie ihn festhalten – und erkennen. Ein Handy.

„Du wirst jetzt Folgendes tun", sagte der Mann. „Du wirst deinen Vater anrufen. Du wirst ihm sagen, dass du mit deiner Freundin beschlossen hast, zu einem Konzert zu gehen – ohne zu sagen welches und ohne zu sagen wo – und dass ihr anschließend zu müde sein werdet, um noch nach Hause zu fahren. Dass ihr euch darum erst morgen wiederseht."

„Aber er wird ...", begann Rae. Die Pistole wurde fester gegen ihren Kopf gedrückt. Sie konnte die Rundung des Metallrohrs durch ihre Haare hindurch spüren.

„Das ist alles, was du sagen wirst", fuhr der Mann fort. „Ich werde wählen."

Dann schob er ihr das Handy ans Ohr. „Versuch keine geheimen Mitteilungen oder so. Ich bin nicht blöd."

„Hallo?", meldete sich ihr Vater.

Rae hatte das Gefühl, kein Wort herauszubekommen. Der salzige Klumpen in ihrem Hals hatte sich verdoppelt. Sie ballte ihre freie Hand zu einer Faust und grub die Nägel hinein, um sich so weit unter Kontrolle zu halten, dass sie tun konnte, was sie tun musste.

„Hallo, ich bin's." Sie versuchte nicht mal, das Wort „Dad" auszusprechen. Sonst würde sie sofort die Beherrschung verlieren. „Yana und ich gehen heute Abend auf ein Konzert. Es wird erst spät zu Ende sein, und dann sind wir sicher zu müde, um noch weit zu fahren. Wir sehen uns morgen früh."

Sofort wurde ihr das Telefon wieder aus der Hand gerissen. Sie hatte kein einziges Wort ihres Vaters hören können, nicht mal ein Auf Wiedersehen.

„Ihr beiden seid jetzt schön brav", befahl der Mann, während er Raes Hände noch brutaler als zuvor wieder fesselte.

Rae bohrte ihre Fingernägel tiefer in ihr Fleisch. Sie fühlte, wie Blut über ihre Handfläche rann. Aber sie hörte nicht auf. Sie wollte nicht weinen. Nicht in seiner Gegenwart.

Rae hörte, wie die Tür geöffnet, geschlossen und wieder verriegelt wurde. Langsam bog sie ihre Finger auf. Ihre Augen brannten, aber es gelang ihr, die Tränen zurückzuhalten. Jetzt war nicht der richtige Zeitpunkt, selbst wenn sie und Yana jetzt wieder allein waren.

„Er ist weg", sagte sie.

„Ist alles okay?", fragte Yana. „Ich habe alles versucht, um mich zu befreien und ihm den Kopf abreißen zu können. Aber je mehr man versucht, diese Schnüre loszuwerden, desto enger werden sie."

„Ich weiß", antwortete Rae. „Ist das nicht komisch, dass sie genau in diesem Moment gekommen sind?"

„Wieso komisch? Wir haben doch gedacht, dass sie ganz in der Nähe sein könnten", antwortete Yana.

Rae wischte ihre blutige Handfläche an der Bettdecke ab. „Schon. Aber ich hatte gerade gesagt, dass mein Vater sich vielleicht Sorgen macht, wenn ich heute Abend nicht nach Hause komme, und zwei Minuten später kommt der Typ herein und will, dass ich meinen Vater anrufe."
„Du meinst also, sie ...", begann Yana.
„Ich meine, sie hören jedes Wort, das wir sagen", beendete Rae den Satz an ihrer Stelle.

KAPITEL ZWÖLF

Jackie wischte sich mit einem Zipfel der Decke das Gesicht ab und verwendete darauf wesentlich mehr Zeit als eigentlich notwendig. Anthony durchschaute sie. Sie musste das tun, um sich wieder in den Griff zu bekommen.

„Könntest du mir bitte meine Tasche reichen?“, fragte sie.

Auf einem Regal entdeckte Anthony ein haariges pinkfarbenes Etwas, das aussah, als könne es Jackie gehören, und er warf es ihr zu.

„Ich sagte reichen, nicht werfen“, murrte sie, während sie darin zu wühlen begann. Sie kramte ihr Make-up hervor – Lippenstift, Mascara und etwas, was Anthony nicht kannte – dann zog sie einen kleinen Spiegel aus einer Plastikhülle und betrachtete sich darin.

„Himmel, ich seh ja aus ...“ Sie sprach nicht zu Ende, sondern machte sich gleich an die Arbeit und trug etwas Make-up unterhalb der Augen auf. Dann nahm sie ein Ding, das aussah wie ein großer Klebestift, und trug damit ebenfalls Make-up auf ihre Stirn auf, auf ihre Nase und auf ihr Kinn.

Sie will die Heulerei wegschminken, schoss es Anthony durch den Kopf, während sie die Make-up-Streifen mit den Fingern zu verteilen begann.

Sie noch mal dazu zu bringen, wollte Anthony zwar keinesfalls, aber ganz offensichtlich spielte ihr Bruder Phillip doch eine größere Rolle bei Jackies Problem. Anthony hatte seinen Namen nur erwähnen müssen – und schon öffneten sich die Schleusen. Er musste weiter nachhaken. Jetzt. Bevor sie wieder angriffslustig wurde.

„Es geht also um Phillip", sagte er.

„Was weißt du denn schon von Phillip?", fragte Jackie, während sie ein Auge mit einem Stift umrandete.

„Nicht allzu viel", gab Anthony zu. „Aber er hat eine Menge mit deiner Überdosis zu tun, nicht wahr?"

„Mein Bruder wohnt doch überhaupt nicht bei uns", antwortete Jackie, während sie weiter mit ihrem Gesicht beschäftigt war. „Findest du es nicht ein bisschen daneben, dich hier als Amateur-Psychiater aufzuspielen? Warum tust du nicht lieber so, als wärst du ein Bodyguard, oder so?"

Anthony fühlte einen Muskel in seinem Kiefer zucken und hoffte, dass Jackie es nicht sah. Er wollte ihr nicht die Genugtuung bereiten, sie wissen zu lassen, dass sie ihn wieder einmal zutiefst traf.

„Man braucht nicht mal einen College-Abschluss, um diesen Zusammenhang zu erkennen", antwortetet Anthony. „Ich muss ja nur seinen Namen erwähnen, und schon heulst du Rotz und Wasser." Er packte das Betttuch, das sie als Kleenex benutzt hatte, und wedelte damit vor ihrem Gesicht herum. Das Beweisstück.

„Mit Phillip hat das überhaupt nichts zu tun", beharrte Jackie. „Phillip hat sich seit fünf Jahren nicht verändert. Er ist und bleibt der Familien-Chaot." Jackie legte einen Finger an die Lippen und machte laut „Psst!". „Aber das darf niemand wissen", fuhr sie fort. „Alle sollen glauben, dass unser Phillip auf ein Internat geht, Rugby spielt, Ehre einlegt und sich darauf vorbereitet, auf das College seiner Wahl zu gehen und uns alle damit stolz auf ihn zu machen."

„Aber wenn er auf keinem Internat ist – wo ist er dann?", fragte Anthony.

Zunächst antwortete Jackie nicht. Sie war vollkommen mit ihrem Lippenstift beschäftigt. Schließlich schien sie mit dem Erscheinungsbild ihres Mundes zufrieden zu sein und beantwortete seine Frage. „Oh, er geht durchaus eine gewisse Zeit im Jahr auf ein Internat. Wenn er nicht gerade in der Resozialisierung ist." Sie machte wieder ein übertriebenes „Psst!". „Er hat mit Ritalin angefangen, dann ist er zu Kokain übergegangen. Ich denke, im Moment nimmt er Amphetamine. Aber ich weiß es nicht genau. Es macht sich ja niemand die Mühe, mit mir darüber zu reden. Trotzdem bekomme ich manchmal etwas mit. Immerhin lebe ich ja tatsächlich in ein und demselben Haus mit meinen Eltern. Auch wenn sie es nicht mitbekommen."

Aha. Sie will Aufmerksamkeit von Mami und Papi. Darum geht es also. Er hatte nicht umsonst drei Jahre lang zugehört,

wie Mrs Abramson den Leuten solche Sachen aus der Nase zog. Aber was sollte er jetzt sagen?
„Hast du deinen Eltern jemals gesagt, dass du wissen willst, was los ist?", fragte Anthony in Mrs Abramsons Rolle. „Ich meine, hast du sie rundheraus gefragt?"
Jackie lachte. Es war ein hüstelnder Laut, der einen anderen Namen als „Lachen" verdient gehabt hätte. „Du bist doch wirklich zu blöd", stellte sie fest. „Ich will es noch mal ganz genau sagen: Phillip geht auf ein Internat. Phillip ist ganz wunderbar. Wir sind alle sehr, sehr stolz auf Phillip. Das ist das Einzige, worüber meine Familie zu sprechen gewillt ist."
„Und wann sollst du ins Internat geschickt werden?", fragte Anthony. „Nach dem nächsten Hilfeschrei-Schlaftabletten-Selbstmord? Oder musst du erst den brutalen Weg einschlagen – Rasierklingen oder so?"
„Raus hier", sagte Jackie. Ihre Stimme klang sehr ruhig und leise. Sie steckte ihren Spiegel zurück in seine Hülle und begann ihr Make-up in ihre Tasche zu sortieren, ohne einen Blick darauf zu verschwenden, ob er ihrem Befehl auch gehorchte.
Er gehorchte nicht. Er kannte dieses Mädchen kaum. Er hatte keinen Grund, sich auch nur im Geringsten darum zu scheren, was mit ihr geschah. Aber er tat es trotzdem. Vielleicht weil es so klar war, dass sie niemand anderen hatte.
„Das ist doch genau das, was du willst, oder? Ich meine, du

bist doch die Schlaue hier", sagte Anthony. „Du willst auch mal an Phillips Stelle sein. Warum sollst du immer so tun müssen, als sei alles in Ordnung? Warum darfst du nicht mal die Chaotin spielen?" Er dachte, ungefähr so etwas müsste Mrs Abramson jetzt sagen. Obwohl sie Jackie dazu gebracht hätte, es selbst auszusprechen. Aber dazu hatte Anthony keine Zeit.
Jackie öffnete den Mund. Schloss ihn und öffnete ihn dann wieder. Sie sah aus wie ein dummer Fisch, aber Anthony verkniff sich diese Bemerkung.
„Ich will keine Chaotin sein", brachte sie schließlich heraus.
„Wodka und Tequila saufen und danach Auto fahren. Klauen", begann Anthony.
„Ich wollte nur ein bisschen Spaß haben", protestierte Jackie. „Und meine Noten sind ganz okay. Und auch ..."
„Was soll an den Schlaftabletten denn spaßig gewesen sein?", fragte Anthony.
Jackie zog wieder ihr Fisch-Gesicht.
„Du bist sauer, weil du den Phillip-Kram geheim halten musst. Es reicht dir, so zu tun, als sei alles in Ordnung, stimmt's?", fragte Anthony. Er sah sie an, bis sie ihren Blick auf ihn richtete.
„Ja", gab sie zu.
„Genau das Gleiche machst du aber mit dir", stellte er fest und spielte eine weitere Abramson-Karte aus. „Du versuchst so zu tun, als sei mit dir alles in bester Ordnung. Gleich wirst du mir wahrscheinlich noch erzählen, dass du

Rugby spielst und dir aussuchen kannst, auf welches College du gehen willst."

Jackie blinzelte heftig, und Anthony glaubte einen Tränenschleier in ihren Augen zu sehen. Dann lächelte sie. Ein schmales Lächeln. „Meine Eltern würden ausrasten, wenn ich versuchen würde, einmal wirklich über Phillip und mich und überhaupt alles zu reden. Das wäre für sie der reinste Albtraum."

Anthony beugte sich zu ihr. „Familientherapie", flüsterte er.

Jackie kicherte. „Oh, Gott. Sie würden sterben."

„Aber wenn deine Ärztin ihnen erklärt, dass es notwendig ist?", sagte Anthony.

„Das würde sie sicher tun", stimmte Jackie zu. Das Lächeln verschwand aus ihrem Gesicht.

Wahrscheinlich war ihr gerade klar geworden, dass es nicht allzu lustig sein würde, eine Familientherapie durchzuziehen, nahm Anthony an. Mit ihren Eltern in einem Raum zu sitzen und all die Dinge auszusprechen, die niemand sagen durfte ...

„Mach es", sagte Anthony. „Wenn deine Ärztin kommt, dann sprich mit ihr. Oder soll ich das übernehmen?"

Jackie schüttelte den Kopf. „Nein. Das kann ich selbst", antwortete sie. „Überhaupt ... warum soll ich eigentlich darauf warten, dass sie zu mir kommt? Meine Eltern zahlen genug für dieses Privatzimmer. Ich kann sie gleich holen." Sie griff nach der Klingel und drückte den Knopf. „Ich werde einer Schwester sagen, dass sie sie rufen soll."

„Soll ich hier bleiben?", fragte Anthony.

„Nein. Ich brauche dich nicht mehr", antwortete Jackie. Aber sie streckte ihre Hand aus und drückte seinen Arm. Und sie ließ nicht los, bis eine Schwester ins Zimmer kam.

Anthony stand auf und ging. An der Tür drehte er sich noch mal um und winkte Jackie zu. *Durchgestanden und überlebt,* dachte er, als er den Flur entlang zu den Aufzügen ging.

Er kam wieder am Münztelefon vorbei und rief noch mal Raes Handynummer an. Niemand meldete sich. „Ich bin jetzt hier fertig. Ich denke, es war okay", sagte er, als sich die Mailbox einschaltete. „Hoffentlich amüsierst du dich gut, wo immer du auch steckst", fügte er hinzu. Dann knallte er den Hörer auf die Gabel.

Rae war klar, dass sie besser still hielt. Wenn Yana und sie abgehört wurden, was sie mittlerweile annahmen, warum sollte sie den Männern etwas zum Mithören liefern? Andererseits empfand sie den unwiderstehlichen Drang, schreien zu müssen, wenn sie nicht irgendetwas sagte. Und das würden Yana und sie nicht überleben.

„Yana", sagte Rae leise. „Was meinst du, warum wollten sie, dass ich meinem Vater diese Konzert-Geschichte erzähle? Damit bleibt ihnen nicht allzu viel Zeit. Wenn ich morgen nicht nach Hause komme, dreht er durch."

„Darüber habe ich auch schon nachgedacht", antwortete Yana. Ihre Stimme klang irgendwie hohl. Wahrscheinlich

wegen der Akustik im Bad, wohin sie sie gesteckt hatten. „Vielleicht wollen sie uns morgen ja wieder gehen lassen."
Rae konnte nur hoffen, dass es so war. Allerdings war es unlogisch. „Warum sollten sie uns denn nur über Nacht behalten?", fragte sie und hoffte, dass Yana ein guter Grund dafür einfiel.
„Vielleicht weil sie wissen wollen, ob wir im Center etwas herausgefunden haben", schlug Yana vor. „Nur dass sie uns keine Fragen stellen, darum ..." Sie seufzte. „Und der andere Grund kann eigentlich nur sein, dass sie uns umbringen wollen."
Diese Worte trafen Rae wie ein Eiszapfen ins Herz. „Uns umbringen?", wiederholte sie mühsam.
„Die Sache mit dem Konzert wäre dann nur eine falsche Fährte", erklärte Yana. „Denn – falls – du nicht nach Hause kommst, wird dein Vater die Polizei benachrichtigen. Er wird ihnen mitteilen, dass du gesagt hast, wir führen zu einem Konzert. Dann werden sie erst einmal überprüfen, wo in der vergangenen Nacht in der Umgebung von Atlanta Konzerte stattgefunden haben und recherchieren, ob es Unfälle gegeben hat. Falls nicht ... dann würden sie jedenfalls nicht in einem Motel 6 nach uns suchen. Ich weiß nicht. Ich ..." Ihre Stimme brach plötzlich. Das hatte Rae während der ganzen Zeit, in der sie Yana kannte, noch nie erlebt. „Ich weiß auch nicht", fuhr sie leise fort.
Durch Yanas unsichere Stimme vervielfachte sich Raes Furcht. Yana war alles andere als leicht zu ängstigen.

„Hast du eine Ahnung, wie viel Uhr es ist?“, fragte sie. „Ich habe das Gefühl, als wären wir seit Tagen hier. Aber wahrscheinlich sind es nur ein paar Stunden“, sagte Yana.
Ich zähle bis tausend, dann findet uns jemand, dachte Rae. *Oder nein, ich zähle bis eine Million.* Als kleines Mädchen hatte sie öfter versucht, bis eine Million zu zählen. Aber sie war immer darüber eingeschlafen oder hatte sich verzählt oder war sonst irgendwie abgelenkt worden. *Aber wenn ich es jetzt tue, werden Yana und ich gerettet.* Sie wusste, dass der Gedanke lächerlich war. Zumindest der größte Teil von ihr wusste es. Aber es gab einen ganz kleinen Teil, der immer noch daran glaubte ...
Rae zuckte zusammen, und die Fesseln gruben sich in ihre Handgelenke. Sie hörte, dass eine Tür geöffnet und wieder geschlossen wurde. Was würde jetzt passieren?
Die Matratze, auf der sie saß, senkte sich, als sich neben ihr jemand niederließ. Rae roch Desinfektionsmittel. Sie hasste diesen Geruch! Der totale Krankenhausgeruch!
Experimente. Das Wort schrie durch ihren Kopf. War das der Grund, warum der Mann nach Desinfektionsmitteln roch? Wollte er ein Experiment an ihr durchführen? Vielleicht dasselbe Experiment, das man mit ihrer Mutter angestellt hatte?
Rae hörte ein Rascheln. Dann stieg ihr ein neuer Geruch in die Nase. Tunfisch. Einen Augenblick später berührte etwas Weiches ihre Lippen. Sie bekam eine Gänsehaut am ganzen Körper. Er hatte seine Hand an ihrem Mund. Das

war so intim. Diese sanfte Berührung war viel schlimmer, als brutal gefesselt zu werden.
„Iss", befahl der Mann.
Das sind gar nicht seine Finger, machte Rae sich klar. *Das ist Brot. Es ist ein Tunfisch-Sandwich.* Das Brot wurde heftiger an ihre Lippen gedrückt. „Ich habe keinen Hunger", sagte sie. Aber ihr Magen grummelte, und in ihrem Mund sammelte sich der Speichel. „Ich habe keinen Hunger", wiederholte sie. Sie würde auf keinen Fall etwas essen, was er ihr gab. Darin konnten Drogen stecken. Oder es konnte vergiftet sein. Oder ...
„Iss", sagte der Mann wieder.
Und dann waren seine Finger tatsächlich an ihrem Mund, drückten ihre Lippen und die Zähne auseinander. Er schob das Sandwich in ihren Mund hinein, und Rae biss ein kleines Stück ab. Noch bevor sie geschluckt hatte, drückte er das Sandwich wieder gegen ihre Lippen. Rae biss noch mal ab. Sie wollte es irgendwie hinter sich bringen, wollte, dass er sie dann in Ruhe ließ. Sie begann zu kauen, wobei ihr Sandwich-Stücke aus dem Mund fielen.
„Trink", befahl der Mann.
Rae fühlte hartes Plastik an ihren Lippen. Der Mann legte eine Hand auf ihre Stirn und drückte, bis sie ihren Kopf ein wenig nach hinten lehnte. Dann fühlte sie Wasser in ihrem Mund und über ihr Kinn rinnen. Sie schluckte krampfhaft.
„Musst du aufs Klo?", fragte der Mann, nachdem er sie gefüttert hatte.

Sie wollte nein sagen, aber der Druck auf ihre Blase hatte sich von lästig zu schmerzhaft entwickelt. Würde er sie etwa beim Pinkeln beobachten? Sie musste nein sagen! Aber wie viele Stunden würde man sie hier noch festhalten? Wenn sie am Ende in die Hose machte ... Würde er ihr dann saubere Sachen bringen, oder ...
„Ja oder nein?", fragte der Mann ungeduldig.
„Ja", antwortete Rae.
Der Mann griff nach den Fesseln, die ihre Hände und Füße zusammenhielten, und ihre Brust wurde tiefer auf ihre Knie gedrückt. Der Atem wich aus ihren Lungen, und sie hatte das Gefühl, dass ihr Brustkasten zusammengestaucht wurde und gegen ihr Herz drückte. Dann ließ der Druck mit einem Mal nach. Rae konnte ihre Wirbelsäule aufrichten, zum ersten Mal seit ... ewig langer Zeit, seit sie auf diesem Motel-6-Bett saß. Jeder einzelne Wirbel brannte, als sie sich langsam dehnte und reckte. Trotzdem tat es gut, aus dieser übergebeugten Position herauszukommen.
„Steh auf", sagte der Mann.
Er wartete keine Antwort ab, sondern packte Rae einfach am Ellbogen und zog sie hoch. Dann führte er sie auf den Flur. Rae stolperte in kleinen Trippelschrittchen mit. Mehr ließen die Fesseln nicht zu.
Sind hier denn keine Leute?, dachte sie. *Gibt es denn niemanden, der sieht, wie ich über den Flur geschleift werde?* Und warum riskierte der Mann das überhaupt? Warum brachte er sie nicht in das Bad, wo Yana saß?

Rae hörte, dass an eine Tür geklopft und geöffnet wurde. Sie wurde in einen Raum gezerrt, anscheinend ein weiteres Motelzimmer. Nach ein paar weiteren Stolperschritten hörte sie das Öffnen noch einer Tür, dann hatte sie plötzlich Fliesen anstatt Teppich unter den Füßen. Der Mann band ihre Hände los und führte sie an kühles Porzellan heran. „Hier ist die Toilette. Du hast dreißig Sekunden Zeit. Die Augenbinde bleibt dran."

Diese Stimme ... Rae war sich sicher, dass sie sie irgendwoher kannte. Wenn sie sich nur hätte erinnern können, wo sie sie gehört hatte. Aber ihr Hirn konnte keine Verbindung herstellen.

Schritte bewegten sich über die Fliesen, dann hörte Rae, dass die Tür geschlossen wurde. *Dreißig Sekunden,* dachte sie und zwang sich zu handeln. Sie zog ihre Hose und Unterhose herunter – allerdings nicht weiter als unbedingt nötig –, tastete nach der Toilette und setzte sich. Dann – nichts. Ihre Blase schmerzte. Trotzdem nichts. *Ich werde nicht beobachtet,* sagte Rae sich. Aber sie wusste einfach, dass sie da waren. Mindestens zwei von ihnen. Gleich auf der anderen Seite der Tür. Mit Pistolen. Sie warteten darauf, sie wieder zu fesseln. Darauf, sie ...

Rae streckte ihre Arme zu beiden Seiten ihres Körpers aus. Sie tastete, bis sie das Waschbecken gefunden hatte, dann drehte sie das Wasser an. Es funktionierte. Sie konnte pinkeln. Sobald sie fertig war, sprang sie auf die Füße und zerrte ihre Hosen hoch. Sie schloss gerade ihren Reißverschluss, als sie hörte, dass die Tür geöffnet wurde. Der Mann – derselbe oder ein anderer? – fesselte ihre Hände wiederum. Rae stöhnte leise, als die Schnüre über der wunden Stelle an der Innenseite ihres linken Handgelenks zusammengebunden wurden.

„Okay. Beweg dich", sagte der Mann.

Es war derselbe Typ wie vorher – die bekannte Stimme. Jedes Mal, wenn er sprach, hatte Rae das Gefühl, der Sache näher und näher zu kommen. Aber trotzdem kam sie nicht auf die Antwort. Sie wusste jedenfalls, dass es nicht Aiden war. Und langsam wurde sie sich sicher, dass Aiden mit dieser Sache überhaupt nichts zu tun hatte. Die Frau, die sie angerufen hatte, hatte zwar gesagt, dass sie im Namen von Aiden anriefe, aber das war wohl eine Lüge gewesen. Sie musste irgendwie davon gewusst haben, dass Rae im Center gewesen war und dort Aiden getroffen hatte, und das hatte sie benutzt, um Rae hierher zu locken. Wer auch immer es also war, der sie gekidnappt hatte, er hatte es getan, weil sie im Wilton Center gewesen und irgendeiner Sache auf die Spur gekommen war. Aber ihr Gefühl, dass Aiden keine Gefahr darstellte, war richtig gewesen. Er hatte selbst Angst gehabt. Möglicherweise vor genau denselben Leuten.

„Ich sagte, beweg dich." Der Mann zerrte sie am Arm und brachte sie zurück in den ersten Raum, wo er sie wieder auf das Bett setzte.

Rae hoffte, dass er die Schnur zwischen ihren Füßen und

Händen weglassen würde. Aber er tat es nicht. Sie stieß einen leisen Schmerzensschrei aus, als er sie wieder in die übergebeugte Stellung drückte.

„Du wirst jetzt noch einmal telefonieren", sagte der Mann zu ihr. „Wäre natürlich besser gewesen, bevor ich dich wieder gefesselt habe. Welche Nummer hat dein Freund?"

„Wer?", fragte Rae, und der Mann versetzte ihr einen seitlichen Schlag gegen den Kopf.

„Anthony. Er hat Nachrichten für dich hinterlassen. Du wirst ihm dasselbe erzählen wie deinem Vater. Weiter nichts. Also, seine Nummer?", fragte der Mann.

Plötzlich fiel es ihr ein – und zwar mit so ungeheurer Wucht, dass sie gar nicht glauben konnte, dass sie so lange dafür gebraucht hatte. Die Stimme des Mannes verursachte dasselbe unangenehme Frösteln im Rücken, das sie erst kürzlich gespürt hatte. Es war das Gefühl, das sie gehabt hatte, als sie im Garten gestanden und mit dem Gasmann gesprochen hatte – der gar kein Gasmann gewesen war.

Oh, mein Gott!, durchzuckte es sie. Ihr Herz raste. Es war genau dieser Mann. Einer der Kidnapper war ihr also schon einmal sehr nahe gekommen, hatte am helllichten Tag mit ihr gesprochen. Hätte sie vielleicht schon früher etwas unternehmen sollen?

„Willst du dir hier Prügel einfangen?", fragte der Mann streng. „Wie lautet die Nummer? Na los!"

Rae schluckte, versuchte ihren Puls zu senken, dann gab sie

ihm so ruhig wie möglich die Nummer. Während der Mann die Ziffern drückte, hörte sie die leisen Pieptöne. Dann wurde das Handy an ihr Ohr gedrückt.

Das könnte deine einzige Chance sein, dachte sie. *Du musst einen Weg finden, wie du ...*

„Hallo?"

„Anthony? Hallo, Süßer, ich bin's." *Damit müsste er gleich im Bilde sein,* dachte Rae. Hoffte sie jedenfalls. „Yana und ich haben uns überlegt, heute Abend zu einem Konzert zu gehen."

„Was zum Teufel ...", begann Anthony.

Rae sprach einfach weiter. Sie hatte nicht viel Zeit. „Tut mir Leid, dass ich es dir nicht vorher gesagt habe. Danach werden wir hundemüde sein und irgendwo übernachten, bevor wir nach Hause zurückfahren. Es ist eine ganz spontane Aktion, wie damals, als Yana und ich nach New Orleans gefahren sind. Nur nicht so weit weg."

Der Mann nahm das Telefon von ihrem Ohr.

Ob Anthony es verstanden hat?, überlegte Rae. Hatte sie sich klar genug ausgedrückt?

Ich hätte mir denken können, dass etwas nicht stimmt, dachte Anthony. Er aß Pommes frites, und sein Magen rebellierte. Anthony schob den Teller beiseite. *Ich habe ihr einfach unterstellt, dass sie mich versetzt hat, um etwas mit Yana zu unternehmen. Dabei hätte ich mir denken können, dass etwas anderes los sein musste. Sie war doch diejenige, die vorgeschlagen hatte, noch mal bei Jackie vorbeizuschauen. Es war ihre Idee. Was bin ich für ein Idiot!*

Im Augenwinkel bemerkte er eine Bewegung und sah auf. Jesse kam durch das *Chick-fil-A* auf ihn zu gerannt. „Was ist denn eigentlich passiert?", fragte Jesse und setzte sich Anthony gegenüber.

„Mehr, als ich dir am Telefon gesagt habe, weiß ich auch nicht", antwortete Anthony. „Hast du Rae bei der Gruppensitzung gesprochen? Weißt du, ob sie ..."

„Zu mir hat sie nichts gesagt", schnitt Jesse ihm das Wort ab. „Seht ihr euch denn eigentlich nicht ständig in der Schule?"

„Kann man nicht sagen. Wir haben keine Kurse zusammen", antwortete Anthony.

„Aber wenn es etwas wirklich Wichtiges gäbe, würde sie dir das doch sagen", beharrte Jesse.

Würde sie das wirklich? Seitdem Anthony auf ihre Schule ging, war es zwischen ihnen so komisch. Als sie Jackie zusammen besucht hatten, begannen sie sich gerade wieder zu verstehen, aber ...

„Also?", forschte Jesse und nahm sich ein paar von Anthonys Pommes.

„Du kannst sie aufessen", sagte Anthony. Schon allein von dem Geruch wurde ihm schlecht. „Ich glaube, wir müssen uns allein auf das konzentrieren, was sie gemeint hat, als sie mich angerufen hat. Sie wollte mir etwas sagen. Aber was es auch war – ich hab's nicht verstanden."

„Na gut. Dann erzähl mir doch noch mal, was sie gesagt hat", antwortete Jesse. Er riss ein kleines Tütchen Ketschup auf und verteilte es auf den Pommes.

Wie Blut, dachte Anthony, und Speichel sammelte sich in seinem Mund, wie kurz bevor man kotzen muss. Er zwang sich, Jesse ins Gesicht zu sehen.

„Sie sagte, dass sie und Yana zu einem Konzert fahren würden und dass sie danach müde seien; dass sie irgendwo übernachten würden, bevor sie nach Hause zurückführen. Und dann sagte sie, es sei wie damals, als sie und Yana nach New Orleans gefahren sind. Eine ganz spontane Aktion. Nur nicht so weit weg", antwortete Anthony. „Außerdem hat sie ‚Süßer' zu mir gesagt, aber wohl nur, damit ich mitbekomme, dass etwas nicht in Ordnung ist. Ich glaube nicht, dass es etwas damit zu tun hatte, was sie mir über ihren und Yanas Aufenthaltsort sagen wollte."

Jesse klackste noch mehr Ketschup auf die Pommes und begann sie in sich hineinzuschaufeln.

Anthony nahm einen tiefen Schluck aus seiner Sprite, in der Hoffnung, dass das seinen Magen beruhigen würde.

„Aha. Ein Konzert also. Warst du schon mal mit Rae bei einem Konzert? Oder hat sie eins erwähnt, das sie gern besuchen wollte?"

„Rae und ich haben in letzter Zeit nicht besonders viel miteinander gesprochen", gab Anthony zu.

Jesse warf ihm einen fragenden Blick zu, aber Anthony sagte nichts weiter. Er wollte nicht über die komische Atmosphäre reden, die sich zwischen ihm und Rae entwickelt hatte. Er wollte nicht mehr daran denken. Er wollte Rae nur noch zurückhaben.

„Dass sie in New Orleans ist, hat sie mir wohl nicht sagen wollen“, meinte Anthony. „Sonst hätte sie nicht etwas von ‚nicht so weit weg‘ erzählt.“ Verdammt. Wenn er ein bisschen schlauer wäre, wüsste er sicher schon, wo sie war. Wenn sie ...

„Aha. Also nicht so weit weg. Heißt das, nicht weit weg von Atlanta? Oder nicht weit weg von Zuhause? Oder irgendwo in der näheren Umgebung?“, fragte Jesse und schob sich nacheinander die letzten Pommes rein. „Vielleicht sollten wir uns erkundigen, welche Bands überhaupt auftreten. Vielleicht hat ja der Name einer Band eine Bedeutung.“ Jesse beugte sich zum gegenüberliegenden, unbesetzten Tisch und angelte sich die Zeitung, die dort lag.

Ob Rae überhaupt auf dem Laufenden war, welche Bands wo spielten? Anthony merkte, dass er in dieser Hinsicht keinen Schimmer hatte. Es gab so viel, was er nicht über Rae wusste. Er hatte so viel Zeit mit ihr verbracht und ...

„Hier. Die *Blake Babies* in der Echo Lounge im *Roxy*. Und *Propagandhi, Fabulous Disaster* und *J Church* auf unterschiedlichen Bühnen im *Masquerade*“, sagte Jesse. „Das sind die großen Veranstaltungsorte. Sagt dir das was?“

„Überhaupt nichts.“ Anthony rieb sich die Stirn. Er hatte das Gefühl, dass sich in seinem Hirn Tumore ausbreiteten, so groß und so hart wie Murmeln. Er war nie besonders schlau gewesen, aber jetzt ... „Sie könnte sterben, nur weil ich nicht verstehe, was sie mir sagen wollte."

„Slash's Snakepit, Blake Babies, J Church, Fabulous Disaster, Propagandhi", murmelte Jesse. *„Roxy, Echo, Masquerade."* Er strich mit dem Finger über den mit Ketschup verschmierten Teller. „Ich kann auch nichts damit anfangen." Er wollte gerade noch mal mit dem Finger über den Teller fahren, aber Anthony griff sich den Pappteller und knüllte ihn zusammen. Jesse hob die Augenbrauen, sagte aber nichts.

„'tschuldigung", meinte Anthony leise. „Aber ... 'tschuldigung." Er fuhr sich mit den Fingern durch die Haare und strich sich über die Schädeldecke. Es half nichts. „Die Sache mit New Orleans scheint mir am wichtigsten zu sein. Wenn ich nur wüsste, was sie damit gemeint hat." Anthony hätte am liebsten den Tisch umgekippt oder einem der fröhlich kauenden Leute einen Fausthieb verpasst. Er wollte irgendetwas tun! Irgendetwas anderes als hier herumzusitzen, während Rae ... während Rae Gott-weiß-wo steckte und Gott-weiß-was über sich ergehen lassen musste.

„Ihr seid damals nach New Orleans gefahren, um mit meinem Vater zu reden", erinnerte ihn Jesse.

„Ja. Bevor du kamst, habe ich gerade über diesen Trip nachgedacht", antwortete Anthony. „Ich habe nachgedacht, bis mein Kopf fast explodiert ist. Umsonst. Wir sind hingefahren, haben uns falsche Ausweise machen lassen. Sind zu diesem Hurricane-Club gefahren, wo dein Vater als Barmann arbeitet. Und das war's. Abgesehen davon, dass wir noch die Nacht im ..." Anthony schloss die Augen und stöhnte. „Ich bin so ein Idiot! Natürlich! Wir haben in einem Motel 6 übernachtet. Davon gibt es in Atlanta mindestens drei. Vielleicht war es das, was sie meinte, als sie sagte, dass es so sei wie damals mit New Orleans und sie irgendwo übernachten müssten."

„Dann brauchen wir also nur ein Telefonbuch, und los geht's", sagte Jesse.

Anthony war schon aufgesprungen.

Kapitel Dreizehn

Rae hatte ein Gefühl, als schwämme sie in Dunkelheit. Als bestünde ihre ganze Welt aus der matten Dunkelheit ihrer Augenbinde.

„Ich fühle mich, wie einen Zentimeter über meinem eigenen Körper", sagte Yana.

„Was?" Sobald das Wort ihren Mund verlassen hatte, merkte Rae, dass sie durchaus verstanden hatte, was Yana gesagt hatte. Es hatte nur eine merkwürdige zeitliche Verzögerung zwischen Hören und Verstehen gegeben. „Ich auch", antwortete sie. „Als wenn ich über mir selbst schwebte."

„Meinst du, sie hören uns?", fragte Yana. „Meinst du, wir hatten Recht?"

„Möglich", sagte Rae. Es schien nicht mehr allzu wichtig zu sein, ob sie Recht gehabt hatten oder nicht. Nichts schien mehr wirklich wichtig zu sein. „Bist du schon mal mit offenen Augen eingeschlafen?" Rae beantwortete ihre Frage selbst, bevor Yana antworten konnte. „Ich schon. Bei einer Pyjama-Party. Wir wollten versuchen, die ganze Nacht wach zu bleiben, und ich wollte nicht die Erste sein, die aufgibt und einschläft. Ich bin dann aber trotzdem eingeschlafen, ohne meine Augen zu schließen. Als ich wieder aufgewacht bin – vielleicht nur eine Minute später – haben mich alle angestarrt. Als wäre ich ein Monster."

„Ist mir noch nie passiert", antwortete Yana. „Aber ich war auch nicht auf allzu vielen Pyjama-Partys."

Rae vergaß immer, wie unterschiedlich ihre Leben verlaufen waren ... und wie unterschiedlich sie immer noch waren, obwohl sie Freundinnen waren. *Und wenn ich nicht wäre, wäre Yana gar nicht hier,* dachte Rae schuldbewusst. Wieder eine Person, die sie mochte, und die sie in Gefahr gebracht hatte.

„Hast du Angst?", fragte Rae. „Ich weiß, dass ich Angst haben müsste, große Angst sogar, aber ich fühle mich einfach nur ..."

„Schwebend", beendete Yana den Satz für sie.

„Ja", stimmte Rae zu.

„Ich komme mir vor, als könnte ich sogar durch die Decke schweben. Abgesehen davon, dass ich unbedingt mal pinkeln müsste", sagte Yana.

„Schon wieder?" Rae fühlte sich viel zu abgetrennt von ihrem Körper, um Hunger oder Durst zu haben oder pinkeln zu müssen.

„Was heißt hier schon wieder? Seitdem sie uns kassiert haben, hatte ich keine Gelegenheit mehr. Die Fesseln sind auch viel zu eng, um aufzustehen", sagte Yana.

„Haben sie dir zu essen gegeben?", fragte Rae.

„Du hast zu essen bekommen?", antwortete Yana.

Rae runzelte die Stirn, und diese Bewegung verband sie wieder mit ihrem Körper. Jeder Knochen tat ihr weh. Ihre Glieder fühlten sich an wie Sandpapier. Jede Stelle, an der die Fesseln ihre Haut berührten, juckte und brannte.
„Das verstehe ich nicht. Warum lassen sie mich essen und ...", begann Rae. Die Antwort schlug ihr wie ein Hammer ins Hirn. „Weil sie nur an mir interessiert sind", sagte sie. „Sie wollen etwas von mir. Du bist einfach nur ..."
Rae unterbrach sich, bevor sie den Gedanken laut zu Ende sprach. Aber vor sich selbst konnte sie die Wahrheit nicht verleugnen: Die Männer hatten kein Interesse an Yana. Es war ihnen völlig egal, ob Yana im nächsten Moment vor die Hunde ging.
„Oh, Yana, es tut mir Leid", platzte Rae heraus. „Wenn ich dich nicht überredet hätte, mitzukommen ..."
„Halt bloß die Klappe!", fauchte Yana. „Du hast ja auch nicht gewusst, dass das hier passieren würde."
„Allen, die ich näher an mich heranlasse, passiert etwas", beharrte Rae und dachte dabei an Anthony und Jesse.
„Ach, du Arme", sagte Yana. „Anstatt Zeit mit Selbstmitleid zu verschwenden, solltest du mir lieber helfen, einen Plan zu entwickeln."
„Nur dass sie uns ziemlich sicher dabei zuhören werden", erinnerte Rae sie. „Was denkst du: Wie viel Uhr ist es? Ob schon Morgen ist? Meinst du, mein Dad wartet schon darauf, dass ich von dem Konzert zurückkomme?"
Das Wort „Dad" tötete den Rest des schwebenden Gefühls.

Rae schauderte, die Fesseln gruben sich tiefer ein, als die Realität der Situation sie schlagartig wieder ereilte, die Angst, so frisch wie in dem Moment, als die Männer sie gepackt und ihr die Augen verbunden hatten ...
„Mein Dad ...“, begann Yana.
„Was ist mit ihm?“, fragte Rae, als Yana nicht fortfuhr.
„Ich habe mich gerade daran zu erinnern versucht, wann ich das letzte Mal geglaubt habe, dass mein Vater sich für mich interessiert“, sagte Yana langsam. „Ich glaube, da muss ich etwa sieben gewesen sein. Ja, am Morgen meines siebten Geburtstags. Und am Abend wusste ich, dass man sich gar nicht weniger interessieren kann.“
„Warum? Was ist denn passiert?“, fragte Rae.
„Vergiss es. Es ist unwichtig“, murmelte Yana.
„Wenn du es mir erzählst, erzähle ich dir auch etwas“, bot Rae an. Yana gab keine Antwort. „Gut, dann fange ich an. Ich war früher eine ziemlich alberne Gans. Als ich noch Rachel war.“
Yana prustete. „Du bist doch immer noch Rachel.“
„Oh, nein. Nein. Ich bin Rae.“
„Ein himmelweiter Unterschied“, meinte Yana.
„Allerdings. Als Rachel in der *sechsten* Klasse war – ich betone, in der *sechsten* Klasse – stellte sie sich immer vor, dass sie ein Alien vom Planeten Gloopus war. Ein Alien namens Prinzessin Tamasela.“
„Abseitig“, sagte Yana.
„Albern“, verbesserte Rae. „Einfach lächerlich.“ Sie konnte

geradezu vor sich sehen, wie sie über das Baseballfeld ihrer Schule gehüpft war und sich vorgestellt hatte, sie sei eins der Riesenkängurus, die auf Gloopus lebten. „Und jetzt der siebte Geburtstag", forderte sie Yana auf.

„Der siebte Geburtstag", wiederholte Yana. Sie seufzte, laut genug, dass Rae es im Raum nebenan hören konnte. „Gut. Es klingt vielleicht komisch, aber als ich klein war, war ich ein richtiges Mädchen." Sie schwieg eine Sekunde. Zwei Sekunden. Zehn Sekunden.

„Was? Du hattest keine Tattoos?", stichelte Rae vorsichtig, damit Yana wieder weitererzählte.

„Worauf du Gift nehmen kannst. Ballerinas haben keine Tattoos. Und das wollte ich doch sein, eine Ballerina. Mein Vater hatte mir zum Geburtstag zwei Karten für das städtische Balletttheater gekauft – damals, als wir noch in Buffalo wohnten. Ich war begeistert. Zwei Wochen vorher legte ich mir schon zurecht, was ich anziehen wollte. Und ich legte heraus, was mein Vater tragen sollte."

Yana sprach schneller und schneller, als hätte jemand die Bremse in ihr gelöst. „Ich übte mir das Haar zu einem ganz festen Ballerina-Knoten aufzustecken. So eng und fest, dass ich Kopfschmerzen davon bekam. Ich ging in die Schulbibliothek und las dort über die Geschichte des Balletts, um meinem Vater in der Pause etwas Interessantes erzählen zu können."

Sie atmete tief ein und fuhr fort: „Dann kommt mein Geburtstag. Endlich. Mein Vater kommt anscheinend später nach Hause. Das ist nichts Besonderes. Nur dass es später und später wird, und er immer noch nicht auftaucht. Er ist noch nicht zu Hause, als das Ballett beginnt, und er ist nicht zu Hause, als das Ballett endet. Er kommt am Morgen um zwei Uhr sechzehn nach Hause. Und er schreit mich an, weil ich noch wach bin."

„Gott", murmelte Rae. Sie konnte sich die kleine Yana genauso deutlich vorstellen, wie sie die kleine Rae vor sich gesehen hatte. Sie stellte sich Yana mit einem Ring aus kleinen Plastikblümchen um ihren Haarknoten herum vor. Mit hellbraunem Haar. Diese Farbe musste es gehabt haben, bevor Yana es zu bleichen begann. „Hatte er es einfach vergessen?", fragte Rae.

„Ich habe ihn nicht gefragt", antwortete Yana, und ihre Stimme festigte sich. Sie sprach jetzt wieder mit ihrer üblichen Lebhaftigkeit.

„Wenn wir hier herauskommen, gehe ich mit dir ins Ballett", versprach Rae. Der Wunsch, etwas für ihre Freundin zu tun, bereitete ihr fast Schmerzen.

„Kannst du dir das vorstellen? Ich heute beim Ballett? Wohl kaum", sagte Yana.

„Es wäre sicher lustig", sagte Rae.

„Vergiss es." Yana klang jetzt barsch, als wenn sie sauer auf Rae wäre. „Ich weiß schon gar nicht mehr, warum ich dir das erzählt habe."

„Ich bin froh, dass du es getan hast." Rae zögerte, dann beschloss sie vollkommen aufrichtig zu sein. Es wäre dumm gewesen, es nicht zu sein, weil sie möglicherweise nie mehr lebend aus diesem Raum herauskamen. „Ich weiß ja, dass wir uns noch gar nicht so lange kennen, aber du bist meine beste Freundin, Yana. Vielleicht klingt das doof, als wäre ich noch immer die alberne kleine Rachel. Wer sagt schon nach der Grundschule noch ‚beste Freundin'? Aber es stimmt einfach. Du bist meine beste Freundin. Und was du mir erzählt hast, ist eine typische Sache, die sich beste Freundinnen gegenseitig erzählen."

Yana schwieg einen Moment. „Du bist auch meine beste Freundin, Rae", sagte sie schließlich. Sie klang so merkwürdig ernsthaft.

„Ich wünschte, dass du jetzt nicht mit mir hier sitzen müsstest", sagte Rae. „Aber irgendwie bin ich doch ziemlich froh darüber, weißt du?"

Sie atmete tief ein. Es gab ein großes Geheimnis, das sie vor Yana verborgen gehalten hatte. Ein riesiges Geheimnis. Anthony kannte es. Und Jesse auch. Aber Rae hatte sich einen Menschen in ihrem Leben gewünscht, der sie für ganz normal hielt.

Du solltest es ihr sagen, dachte Rae. Aber wenn es Yana verschreckte? Wenn sie fand, dass Rae ein Monstrum sei? Wenn sie Rae anschließend so behandelte wie einen der hoffnungslosen Fälle im Krankenhaus?

Wenn, wenn, wenn? Wenn sie niemals mehr lebend aus diesem Motel herauskämen? Wenigstens wäre sie dann der einzigen Person gegenüber, der sie noch vollkommen vertrauen konnte, aufrichtig gewesen. Und selbst wenn ihnen jemand zuhörte – zusammen mit Anthony hatte sie schon herausgefunden, dass der Unbekannte, der hinter ihr her war, von ihrer Fähigkeit wusste. *Irgendwann musst du es ihr sagen,* dachte Rae. *Wie kannst du sie sonst deine beste Freundin nennen?*

„Pizza-Service!", rief Anthony laut. Er klopfte zweimal energisch an die Motel-Zimmertür, wobei er sich beherrschen musste, seine Faust nicht komplett in dem blöden Ding zu versenken. Das hier war der letzte Raum. Wenn Rae hier nicht drin war, war sie nirgends in diesem Motel. „Pizza-Service!", rief er noch mal.

Keine Antwort. Er konnte nicht hören, dass sich jemand in diesem Raum bewegte. Nicht das geringste Geräusch. „Wo ist das nächste Motel 6?", fragte er Jesse.

„Am Sherman-Highway. Neben dem Autohändler", antwortete Jesse.

Anthony warf die leere Pizza-Schachtel auf den Boden. Jesse hob sie auf. „Die brauchen wir vielleicht noch. Wenn beim nächsten Motel keine im Müllcontainer sind ..."

Und wenn sie im nächsten Motel auch nicht ist?, überlegte Anthony, während er die Treppe zum Parkplatz hinunterstieg. *Wenn ich ein zu großer Idiot war, um zu kapieren, was sie mir am Telefon in Wirklichkeit sagen wollte?*

„Anthony", rief Jesse. „Du bist gerade an deinem Auto vorbeigelaufen."

Super. Jetzt rannte er schon an seinem Hyundai vorbei. Und er wollte Rae finden? Anthony atmete tief ein, drehte sich um, und lief dann zum Auto zurück. Er stieg ein und zwang sich, die Tür zu schließen, ohne sie mit aller Wucht zuzuknallen. Er musste sein Hirn benutzen. Ruhig werden. Sich konzentrieren. Für Rae.

„Schnall dich an", sagte er zu Jesse. Dann fuhr Anthony vom Parkplatz auf die Straße. Er hätte Lust gehabt, das Gas durchzutreten. Aber das wäre nicht klug gewesen. Wenn er angehalten wurde, kostete es Zeit. Und er hatte keine Zeit zu verlieren. Er war sich sowieso nicht sicher, ob ihm überhaupt noch Zeit blieb.

Sie brauchten zwanzig Minuten, bis sie beim Motel 6 auf dem Sherman-Highway ankamen. Die längsten zwanzig Minuten in Anthonys Leben. Er lenkte den Wagen auf den Parkplatz und hatte das Gefühl, vom Blitz getroffen zu werden. „Da ist Yanas Auto!"

„Dann können wir diesmal wenigstens sicher sein, dass sie da drinnen sind", sagte Jesse.

„Ja", antwortete Anthony. „Aber wie bekommen wir sie heraus?"

***

Ich bin jetzt ganz nah dran. Ich fühle es. Bald werde ich ganz genau über Rae Bescheid wissen, auch, wer noch so sehr an ihr interessiert ist. Und dann wird sie sterben. Und ich werde derjenige sein, der sie umbringt.

Ich höre sie fast schon schreien, sehe ihr Blut. Ich kann fast schon fühlen, wie der letzte Atemzug ihren Körper verlässt. Und bald werde ich es Wirklichkeit werden lassen. Nichts kann mich davon abhalten. Niemand kann mich davon abhalten. Ich werde niemandem die Rache überlassen, die mir zusteht. Rae gehört mir.

***

Was dachte Yana? Was würde sie sagen? Glaubte sie jetzt, dass Rae ein widerliches Monster war? Rae verschränkte ihre Hände ineinander, obwohl sich die Fesseln dadurch anfühlten, als wollten sie sich bis zu ihren Handgelenkknochen hindurchfressen.

„Das ist ja kaum zu glauben", sagte Yana schließlich. „Aber ich glaube dir trotzdem", fügte sie schnell hinzu.

Das sagt mir überhaupt nichts, wollte Rae schreien. Selbst Yanas Stimme hatte keinen Hinweis darauf gegeben, was die Freundin tatsächlich dachte. Sie hatte glatt und neutral geklungen. Wie eine Schwester, die mit einem Patienten sprach, der sich beschwerte.

„Du glaubst mir in Wirklichkeit gar nicht, oder? Du denkst, ich werde wieder krank", fragte Rae. Ihre eigene Stimme klang höchst aufgeregt – sie zitterte, was verriet, dass sie kurz vor dem Weinen war. Verdammt, warum hatte sie ihre Frage nicht im gleichen Ton wie Yana stellen können?

„Wenn ich an dich drankäme, würde ich dir jetzt eine knallen", antwortete Yana.

Immerhin konnte Rae jetzt Ärger aus Yanas Stimme heraushören. Sie lächelte. Yana behandelte sie doch nicht wie ein armes durchgeknalltes Mädchen.

„Ich sagte, ich glaube dir, und ich glaube dir", fuhr Yana fort. „Es ist nur einfach ..."

„Überwältigend", schloss Rae für sie.

„Ja. Ich komme mir vor, als hätte ich einen Schuss Novokain bekommen oder so. Kein Wunder, dass du im Krankenhaus gelandet bist. Wenn ich du wäre, wäre ich wahrscheinlich immer noch drin."

Rae konnte keinen Abscheu aus Yanas Stimme heraushören. Oder irgendwelche Angst. *Ich hätte es ihr schon lange sagen sollen,* schoss es ihr durch den Kopf. Aber sie war sich nicht sicher gewesen. Sie hatte die einzige Freundin, die sie noch hatte, nicht vergraulen wollen. Die einzige Person, mit der sie sich traf und völlig normal fühlen konnte.

„Weiß es dein Vater?", fragte Yana.

„Nein. Er würde es nicht ... er würde mich zurück ins Krankenhaus bringen. Und er würde natürlich denken, dass er es zu meinem Besten tut", antwortete Rae.

„Aber du könntest es ihm doch beweisen, oder? Du könntest es jedermann beweisen", sagte Yana.

„Ich glaube schon. Darüber habe ich noch nie nachgedacht. Komisch, was?", antwortete Rae. „Aber ich denke, selbst wenn ich meinen Vater überzeugen könnte, würde er mich immer noch in ein Krankenhaus oder etwas Ähnliches bringen. Er würde wollen, dass alle möglichen Untersuchungen mit mir angestellt werden, um sicherzugehen,

dass ich gesund bin. Und dann würde alle Welt es wissen. Ich wäre mein Leben lang eine Ausnahmeerscheinung."
„Und das ist also dein tiefstes Geheimnis?", fragte Yana.
Rae lachte. Erleichterung machte sich in ihrem Körper breit. „Von Gloopus habe ich dir ja schon erzählt. Darum: Ja, das ist es. Ich bin eine Fingerprint-Leserin." Es war richtig gewesen, es Yana zu erzählen. Rae kam sich vor, als hätte sie einen ganzen Sack Bowling-Kugeln fallen gelassen. Einen Sack, den sie lange Zeit mit sich herumgeschleppt hatte.
„Wahrscheinlich ist das der Grund, warum wir hier sind", fuhr Rae fort. „Zumindest ein Teil des Grundes. Wer immer hinter der Sache steckt – er weiß von meiner ... von meiner Gabe. Er hat es herausgefunden, als Jesse gekidnappt wurde." Sie überlegte, ob sie hinzufügen sollte, dass sie die Stimme eines ihrer Entführer wieder erkannt hatte. Als die des falschen Gasmannes. Sie ließ es aber bleiben, für den Fall, dass er tatsächlich zuhörte. Ihr war klar, dass ihre Chancen, hier herauszukommen, gering waren. Aber irgendwie hatte sie das Gefühl, dass es trotzdem ein ungeschickter Schachzug wäre, den Mann wissen zu lassen, dass sie ihn identifizieren konnte.
„Vielleicht wollen sie dich für etwas benutzen, für terroristische Aktionen oder weiß ich was", schlug Yana vor. „Wie bei *Nikita*."
„Nie gesehen. Vielleicht erinnerst du dich, dass Fernsehen in unserem Haushalt als Teufelswerk gilt", antwortete Rae.

„Aber wenn sie das wirklich wollten – warum sollten sie uns dann hier festhalten? Das verstehe ich nicht. Worauf warten sie?"

Rae war wirklich nicht scharf darauf, dass ihre Entführer wieder in Aktion traten. Aber sie hätte schon gern gewusst, was sie vorhatten.

„Riechst du etwas?", fragte Yana.

Rae atmete tief ein. Ihr Herz begann zu rasen. Sie atmete noch einmal ein, um sicherzugehen. „Rauch", sagte sie zu Yana. „Ich ... ich glaube, das Motel brennt."

Sie sprang auf, wobei die Fesseln, die ihre Hände mit den Füßen verbanden, noch immer ihren Kopf nach unten zogen. Gab es hier ein Fenster? Sie musste es finden! Sie und Yana sollten nicht hier drinnen sterben!

Rae gelang ein Schritt vorwärts und dann noch einer. Sie erwartete das Geräusch einer Tür, die aufgestoßen wird. Aber nichts geschah. Sie machte einen weiteren kleinen Schritt, schwankte, dann fiel sie hin. Da die gefesselten Hände sie unfähig machten ihren Sturz abzufangen, schlug sie mit einem dumpfen Schlag auf den Boden auf, und ihre Stirn prallte gegen etwas Hartes.

Der Feueralarm ging los. *Hoffentlich kommt keiner so schnell dahinter, dass das Feuer nur im Container brennt,* dachte Anthony.

Beinahe gleichzeitig wurden einige Türen im Erdgeschoss des Motel 6 geöffnet. Während die Leute herausliefen, betrachtete Anthony ihre Gesichter. Die meisten zogen sich im Laufen ihre Kleider an. Keine Rae. Keine Yana. *Aber sie sind hier,* sagte er sich.

„Bleib bei ihrem Auto", sagte Anthony zu Jesse. „Ich sehe drinnen nach." Er konnte nicht einfach nur stehen bleiben. Er boxte sich seinen Weg durch die Menge der Leute, die sich von dem Motel zu entfernen versuchten, und stürmte auf die außen gelegene Treppe. Er nahm drei Stufen auf einmal, dann stürzte er durch den Eingang auf den Flur der ersten Etage.

Abgesehen von der Alarmglocke war alles still. Keine Türen, die geknallt wurden. Nirgendwo Leute. Aber die Etage konnte doch nicht einfach leer sein! „Feuer!", rief Anthony. Er lief im Zickzack über den Flur und donnerte gegen die Türen. „Feuer! Feuer! Feuer!" Nichts. Keine Antwort.

Anthony drehte sich um und lief zurück zum Ausgang. Dann hörte er etwas durch den Lärm des Alarms hindurch. Etwas, das ihn wie angewurzelt stehen bleiben ließ. Jemand ... schrie zwar nicht richtig, versuchte aber zu schreien. Er folgte dem schrecklichen Geräusch bis zum Zimmer 212.

„Rae, bist du hier?"

Das Geräusch wurde lauter, verzweifelter. „Ich bin's, Anthony. Ich bin hier."

Er versuchte, am Türknopf zu drehen. Abgeschlossen, natürlich. Dann machte er ein paar Schritte zurück, drehte seine Schulter Richtung Tür und warf sich dagegen. Er fühlte ein leichtes Nachgeben, aber es brauchte wohl ein paar erheblich kräftigere Schläge, um die Tür aufzubrechen. Und wer konnte wissen, was dort drinnen mit Rae geschah? „Halt durch, hörst du? Halt durch!“, rief er.

Dann rannte er über den Flur bis zur Treppe. „Jesse!“, rief er auf den Parkplatz hinunter. „Ich habe sie gefunden. Zimmer 212. Such ein Zimmermädchen oder sonst wen. Wir brauchen den Schlüssel.“

Bevor Anthony ihm zu Ende aufgetragen hatte, was er tun sollte, rannte Jesse zum Motel-Büro. Anthony lief zurück zum Zimmer 212 und legte beide Hände an die Tür.

„Nur noch ein paar Sekunden“, rief er. „Ich bin schon da.“

Er drückte seine Hände fester auf die Tür, hätte sie am liebsten eingedrückt und Rae herausgeholt. „Mach schon, mach schon, mach schon“, murmelte er. Wie eine Antwort hörte er Schritte auf sich zu kommen. Er drehte seinen Kopf in ihre Richtung. Es war Jesse.

„Der Generalschlüssel. Hab niemand gefunden, darum habe ich ihn einfach genommen.“ Jesse drückte Anthony den Schlüssel in die Hand.

Beim ersten Mal traf Anthony neben das Schloss. Er verfluchte sich selbst, zwang sich zur Ruhe und bekam die Tür schließlich auf.

Als Erstes sah er Rae. Sie lag auf dem Boden, gefesselt und mit verbundenen Augen.

„Ihre Freundin muss auch da sein. Sieh mal im Bad nach“, sagte Anthony zu Jesse.

Mit zwei langen Schritten war Anthony bei Rae. Er fiel auf die Knie und zog ihr die Augenbinde ab. Ihre blauen Augen sahen ihn an. Sie waren das Schönste, was er je gesehen hatte. „Wer hat das getan?", fragte er. „Na, egal", sagte er, bevor sie antworten konnte. „Bist du okay?" Er berührte sie vorsichtig an der Stirn. „Du blutest."
„Ich bin okay. Aber bring mich hier raus", antwortete Rae.
„Jesse, hast du dein Messer dabei?", rief Anthony.
„Einen Augenblick", antwortete Jesse. „Ich brauche es gerade für die letzte Fessel dieses Mädchens hier. So. Achtung!"
Jesse lehnte sich aus der Badezimmertür und warf Anthony sein Taschenmesser zu.
Anthony fing es und ließ es aufschnappen. Mit einem Schnitt durchtrennte er die Fesseln zwischen Raes Händen und ihren Füßen. Die Fesseln um ihre Handgelenke und Knöchel waren stärker. Rae biss sich auf die Unterlippe, und Anthony merkte, dass er ihr wehtat. „Bin gleich so weit, bin gleich so weit", flüsterte er.
Dann war sie frei.
Er legte seinen Arm um ihre Taille und half ihr auf die Füße. Jesse kam bereits mit Yana aus dem Bad.
„Sie ... wer auch immer ... sie waren in dem Zimmer auf der anderen Seite des Flures", sagte Rae.
„Die Bastarde müssen abgehauen sein", sagte Anthony. Er zog Rae eng an sich heran, versuchte, während sie das Zimmer verließen, so viel wie möglich ihres Gewichts zu

übernehmen. Als sie den Flur entlanghumpelten, gab Rae ein leises Stöhnen von sich.

Dieses Geräusch wirkte wie ein Messer in Anthonys Eingeweiden. Er nahm Rae auf seine Arme. Sie legte ihren Arm um seinen Nacken und drückte sich an seine Brust. Er hatte das Gefühl, dass Blut von ihrer Stirn durch sein Hemd sickerte. Wenn sie hier waren ... wenn diese Typen noch hier waren ... Anthony schob den Gedanken beiseite. Er musste sich jetzt auf Rae konzentrieren. Auf der Treppe ging er langsamer. Er wollte ihr nicht noch mehr Schmerzen verursachen, als sie ohnehin schon hatte. Sobald er den Asphalt des Parkplatzes betrat, begann er wieder zu laufen. Erst als er sein Auto erreichte, blieb er stehen.

Langsam und vorsichtig ließ er Rae auf die Füße gleiten, behielt sie aber noch in den Armen. Er konnte sie nicht loslassen. Nichts hätte ihn von ihr trennen können, und auch sie hielt ihre Arme noch um seinen Hals gelegt.

„Du hast mich gefunden", murmelte sie. Ihr Gesicht befand sich so nah an seinem, dass er ihren warmen Atem auf seinen Lippen fühlen konnte.

„Wie? Hast du das etwa nicht geglaubt?", fragte Anthony mit ersticktem Flüstern.

„Du hast mich gefunden", wiederholte Rae. Sie fasste ihn fester um den Hals, zog ihn zu sich heran, bis sich ihre Nasen berührten.

Er sah in ihre Augen, und das schimmernde, lebhafte Blau war für ihn wie ein ganzes Universum.

Raes Blick senkte sich, und Anthony war klar, dass sie auf seine Lippen sah. Sie begannen zu brennen. Und er glaubte zu spüren, dass sie sie mit ihrem Finger berührte.
Dann trafen seine Lippen auf ihre. Hungrig, drängend. Anthony wusste nicht, wie es kam. Und er kümmerte sich nicht darum. Es war Rae! Er küsste Rae! Sie lebte. Er fuhr mit seiner Hand über ihren Rücken und ihr Haar. Es war noch weicher, als er es sich vorgestellt hatte. Er würde es nie wieder loslassen. Niemals!
Aber er wollte ihr noch näher sein. Musste ihr noch näher sein. Seine freie Hand schlüpfte unter ihr Shirt, sehnte sich danach, ihre Haut zu spüren. *Rae. Das ist Rae,* dachte er. *Rae!*
Er wollte die Wärme ihres Körpers nie wieder loslassen. Er wollte nie wieder von der feuchten, warmen Süße ihrer Lippen getrennt werden.
„Anthony, komm! Wir müssen weg hier", hörte er Jesse von weit, weit weg sagen.
Er wusste, dass Jesse Recht hatte. Er wusste, dass sie sich noch in Gefahr befanden. Aber er wusste auch noch etwas anderes: Er wusste, wenn er sich jetzt von ihr trennte, würde es ihm das Herz aus der Brust reißen. Und tatsächlich glaubte er nicht, dass er sich überhaupt jemals wieder von ihr würde trennen können.